Usch Luhn

Im Reich der Meerprinzessin

Usch Luhn

Im Reich der Meerprinzessin

Mit Illustrationen von Betina Gotzen-Beek

Ravensburger Buchverlag

Für Jo Anne Brügmann,
der liebsten Meerjungfrau von allen

Als Ravensburger Taschenbuch
Band 54386
erschienen 2013

MIX
Aus verantwortungsvollen Quellen
FSC® C114500
FSC
www.fsc.org

Jubiläumsausgabe
50 Jahre Ravensburger Taschenbücher

Diese Sonderausgabe enthält zwei Bände der Serie
„Pimpinella Meerprinzessin", erschienen im Ravensburger Buchverlag:
„Das Tal der Haie" (Band 11, erstmals erschienen 2010),
„Das Geschenk der Königin" (Band 12, erstmals erschienen 2011).

Umschlaggestaltung: Anne Seele
unter Verwendung einer Illustration von Betina Gotzen-Beek
Innenillustrationen: Betina Gotzen-Beek

Printed in Germany

ISBN 978-3-473-54386-1

www.ravensburger.de

Inhalt

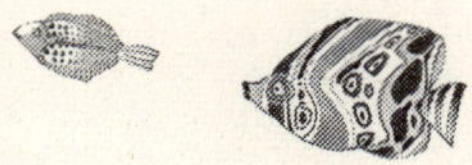

Das Tal der Haie

Inhalt

Wie die Geschichte begann …

An ihrem zehnten Geburtstag erfährt *Pimpinella Ozeana Filomena Petersilie Seestern* ein bisher streng gehütetes Familiengeheimnis: Ihre Mutter ist eine Meerjungfrau! Ganz schön schockierend für ein von Kopf bis Fuß normales Mädchen, das mit seinen Großeltern in einem winzigen Fischerdorf fernab von jedem Trubel lebt!

Leider kann Nella, wie ihre Freunde sie nennen, ihre Mutter nicht selbst mit den tausend Fragen löchern, die ihr auf der Zunge brennen, denn sie ist vor Jahren auf seltsame Weise verschwunden.

Dafür bekommt Nella Geburtstagsbesuch aus der Welt ihrer Mutter:

Herkules, ein Seepferdchen in Ponygröße, hilft ihr, ihren besten Freund Max zu retten, als er ins Wasser fällt. Und am selben Nachmittag schwingt sich das Meermädchen Dafne zu Nella auf den Anlegesteg des Leuchtturms, von dem aus ihr Großvater die Fischkutter um die Klippen lotst.

Dafne überredet Nella zu einem heimlichen Ausflug. Auf dem Rücken von Herkules reitet Nella in die verborgene Unterwasserwelt und stellt begeistert fest, dass sie in den Tiefen des Meeres problemlos atmen und sprechen kann und ihre Beine durch eine in wunderschönen Farben schillernde Schwanzflosse ersetzt werden.

Das Muschelinternat, in dem Dafne wohnt, entpuppt sich als prachtvolles Schloss. Spontan beschließt Nella, eine Weile mit den anderen Meermädchen die Schulbank zu drücken und alles zu lernen, was man als waschechte Meerjungfrau unbedingt wissen muss.

1

Schwitzende Pinguine

„Sag mal, Nella, hast du dir heute schon wieder Spaghetti mit Tomatensoße zum Mittagessen gewünscht?“ Max saß in kurzer Hose auf dem Anlegesteg des Leuchtturms und schnupperte neugierig den Düften nach, die aus dem geöffneten Küchenbullauge waberten.

„Ich hatte gehofft, es gibt endlich mal leckeren

Reispudding mit Himbeersirup. Die Nudeln müssen dir doch langsam aus den Ohren rauskommen."

Nella schüttelte so heftig den Kopf, dass ihre widerspenstigen roten Locken wie Antennen abstanden. „Auf gar keinen Fall. Omas Reispudding erinnert mich zu sehr an den schleimigen Wasserspinnenbrei, den wir jeden Tag im Muschelschloss essen müssen. Ist gesund für unsere Schuppen, sagt Frau Süßlippe. Solange ich an Land bin, esse ich nur, was mir wirklich schmeckt. Ich habe dir doch schon erzählt, was unser Chefkoch für grauenhaftes Zeug auf den Tisch bringt, oder?"

Max gluckste verhalten. „Allerdings. Schlangensterneintopf würde auch nicht gerade zu meinen Lieblingsspeisen gehören. Vor allem, wenn die Schlangenköpfe noch aus dem Kochtopf gucken."

Nella nickte eifrig. „Und nicht nur das. Stell dir vor, du bekommst bereits zum Frühstück lila Röhrenwürmerbrei. Oder Algenschnitzel mit Flohkrebsen. Gefüllte Hufeisenwürmer in knusprig gebackenem Seeigelstachelteig machen einem auch nicht gerade gute Laune. Und wenn du dann am Nachmittag Schneckeneitorte mit Igelquarkfüllung und quietschsüßem Seerosensaft serviert kriegst ..." Sie kam richtig in Fahrt.

„Stopp! Ich hab's kapiert!" Max steckte sich angeekelt die Finger in die Ohren.

Er tauchte seine nackten Füße in das Wasser und prüfte die Temperatur. Seit er endlich richtig gut schwimmen konnte, tummelte er sich ständig im Meer.

„Eiskalt", sagte er. „Kälter als gestern. Dabei ist doch Sommer." Er schüttelte enttäuscht den Kopf. „So kalt wie in Papas Kühlhaus. Wenn das so weitergeht, können wir uns morgen Fischstäbchen aus dem Wasser fischen."

Nella hatte sich inzwischen wieder auf dem Steg ausgestreckt und hielt ihre Nasenspitze kerzengerade Richtung blauer Himmel.

Sonnenstrahlen waren im Muschelinternat Mangelware. Aus diesem Grund konnte sie gerade nicht genug davon abbekommen.

Sie kicherte anerkennend. Wie sehr hatte sie die albernen Witze von Max vermisst!

„Du übertreibst", murmelte sie träge. „Wir haben bestimmt 30 Grad. Meine Zehen verglühen gleich. Sie fühlen sich an wie gekochte Krebse."

Max erwiderte nichts. Er schaute sehnsüchtig über den glatten Meeresspiegel. Sein größter Wunsch war es, Nella im Muschelschloss zu besu-

chen und ihre geheimnisvolle Schule mit eigenen Augen zu sehen.

Dafür musste er aber noch richtig gut tauchen lernen. Wer war da als Lehrmeisterin besser geeignet als eine Meerjungfrau?

„Bald schwimme ich mit dir auf den Meeresboden“, murmelte er verträumt. „Dann werden deine Freundinnen ganz schön dumm aus den Schuppen gucken.“

Plötzlich bemerkte er mitten auf dem Wasser ein paar dahintrudelnde Eisschollen. Auf einer der spiegelblanken Platten hockte ein lebendiger Pinguin.

Max kniff ungläubig die Augen zusammen. „Guck mal, Nella!“, rief er alarmiert. „Da stimmt was nicht. Hab ich doch gleich gesagt.“

Nella starrte verblüfft auf die Wasseroberfläche. „Seltsam. Da ist bestimmt ein Eisberg kaputtgegangen. Weil es auf der Erde immer heißer wird. Der arme Pinguin ist ganz alleine. Bestimmt hat er total Angst. Lass uns schnell zu Papa nach oben laufen. Der kennt sicher Leute, die ihn wieder nach Hause bringen.“

Sie stand entschlossen auf.

„Spaghetti! Leckere Spaghetti mit Toma-a-a-a-

tensoße!“, sang Nellas Papa in diesem Augenblick mit lauter Stimme und steckte seinen Kopf aus einem der Bullaugen. „Darf ich die Herrschaften zu Tisch bitten?“

2

Summende Bäuche

Nella stürmte in die Küche. Sie umarmte ihren Vater begeistert, während er Nudeln und Soße auf den Tellern verteilte.

Opa Jost saß bereits am Küchentisch und studierte ganz versunken eine vergilbte Seekarte.

„Wieder mal ein paar neue Untiefen entdeckt, Käpt'n?", fragte Max interessiert.

„Nicht nur das, meine Junge. Nicht nur das“, brummte der Leuchtturmwärter geheimnisvoll.

„Papa, auf dem Meer treibt ein Pinguin!“, rief Nella aufgeregt. „Du musst ihn unbedingt retten!“

Nellas Vater beugte sich schmunzelnd aus dem Fenster. „Willst du mir altem Matrosen wieder einmal Seemannsgarn auftischen, Apfelbäckchen?“, fragte er liebevoll.

Aber dann entdeckte er ganz ohne Fernglas den Pinguin. „Donnerkiel“, stieß er aus. „Ein echter Brillenpinguin. Das ist ein Ding. Der ist doch schon eine Ewigkeit unterwegs. Tapferer kleiner Kerl. Kannst du gleich nach dem Mittagessen einen Funkspruch absetzen, Vater?“

Opa Jost nickte und faltete schweigend die Seekarte zusammen.

Er stand gar nicht auf, um sich davon zu überzeugen, dass sein Sohn Recht hatte, sondern stocherte gedankenverloren mit seiner Gabel in den Spaghetti herum. Nella kam plötzlich der aberwitzige Gedanke, dass Opa Jost so etwas Ähnliches bereits erwartet hatte.

„Soso! Soso! Ein Brillenpinguin also“, murmelte er vor sich hin und legte die Gabel schließlich beiseite, ohne einen einzigen Bissen gegessen zu haben. Seine gerunzelte Stirn bewies Nella, dass er sich jede Menge anstrengende Gedanken machte.

„Kann man den Pinguin retten, Opa?“, fragte sie angstvoll. „Der kriegt bei der Hitze doch einen Sonnenstich.“ Sie zog seinen Teller zu sich herüber und stopfte seine Nudeln hastig in ihren Mund. Sorgen machten sie immer schrecklich hungrig.

„Das Wasser ist ja eisig“, warf Max ein. „Wenn ihm zu warm ist, nimmt er wahrscheinlich einfach schnell ein Bad.“

Opa Jost nickte zustimmend. „Richtig, das Meer ist rätselhafterweise dabei zu frieren“, sagte er. „Trotzdem sollten wir schnell etwas unternehmen. Vielleicht kommt er ja direkt aus Afrika. Dann ist es ihm nicht zu warm, sondern zu kalt.“

Er schob seinen Hocker nach hinten und verließ die Küche.

„Wo bleibt eigentlich Oma?“, fragte Nella mit vollem Mund. Diese plötzliche Geheimnistuerei verdarb ihr die gute Laune. Hoffentlich war Oma Ida etwas gesprächiger.

„Sie wollte noch schnell *jemanden*, ich meine *etwas* auf dem Markt besorgen“, antwortete ihr Vater und zwinkerte Max zu. „Sie müsste aber jeden Augenblick hier sein.“

Er räumte den Esstisch ab. „Hat es euch überhaupt geschmeckt“, fragte er. „Ihr habt Oma ja sogar noch etwas übrig gelassen. Ich werde sie überreden, morgen zur Abwechslung mal ihren tollen Reisauflauf zu machen.“ Er begann, laut klappernd die Teller abzuspülen.

„Ich esse gerne noch einen Monat länger Nudeln mit Tomatensoße, wenn es sein muss“, sagte Max eilig. „Wirklich. Was Besseres kann ich mir gar nicht vorstellen!“ Er stand auf und half beim Abtrocknen.

„So lange kann ich aber nicht mehr bleiben“, widersprach Nella. „Irgendwann muss ich wieder in die Schule gehen.“ Sie schwieg betrübt.

Eine wandernde Insel, die Nella bis ins Muschelschloss verfolgt hatte, war der Grund dafür gewesen, dass sie sich eine Weile an Land versteckt hatte. Obwohl: Land war nicht ganz das richtige Wort. Schließlich stand Opa Josts Leuchtturm mitten im Meer. Trotzdem genoss Nella es, endlich wieder kräftig mit den Zehen zu wackeln und mit ihrem allerbesten Freund Max zu quatschen. Seit dann auch noch ihr Vater, Kapitän Seestern mit einem U-Boot aufgetaucht war, war ihr Glück nahezu vollkommen.

Zum ersten Mal seit Nella Ferien außer Plan auf dem Leuchtturm machte, dachte sie an die Schule und an ihre Freunde im Muschelschloss. Ob Effi und Dafne sie schon vermissten? Vielleicht hatte ihr sogar der Wasserjunge Nick aus dem Felseninternat geschrieben. Mittlerweile konnte sie auf seinem Delfin fast so schnell durch die Wellen reiten wie er selbst.

Die Schiffsglocke am Anleger bimmelte. Oma Ida. Endlich!

Nella hüpfte ihr erleichtert entgegen.

„Habt ihr den Brillenpinguin entdeckt?“, fragte Oma Ida atemlos. Sie war in Windeseile die vielen Treppen hinaufgehetzt, um diese außergewöhnliche Sichtung so schnell wie möglich mitzuteilen. Achtlos pfefferte sie ihre Tüten auf einen Küchenstuhl.

„Alles im Lot, Mutter!“, rief Nellas Papa aus Opa Josts Arbeitszimmer, in dem sich die Funkanlage befand. „Der Tierschutz ist schon unterwegs.“

Er verschwand über die Leiter hinauf ins Turmzimmer.

„Ich habe einen Bärenhunger, meine Süßen“, stöhnte Oma Ida. „Sind vielleicht noch Nudeln da?“ Sie knöpfte ihre Jacke auf.

Ein lang gezogenes Summen ertönte.

Nella starrte überrascht auf Oma Idas Bauch.

„Oma?“, fragte sie verwirrt. „Ist alles in Ordnung?“

Das Summen wurde lauter. Zu Nellas Erleichterung kamen die seltsamen Töne nicht aus Oma Idas Bauch, sondern aus ihrer Jackentasche.

„Pumilio!“, schrie Nella auf. „Das ist doch Pumilio!“

Eine zarte Melodie erklang. Im gleichen Augenblick hopste das niedliche kleine Erdbeerfröschchen auf Nellas Schulter und begann ein eigenartiges, aber sehr stimmungsvolles Lied zu summen.

„Pumilio und ich treffen uns manchmal auf dem Markt zu einem kleinen Plausch“, erklärte Oma Ida, während sie die letzten Nudeln aus dem Kochtopf löffelte. „Als ich ihm erzählte, dass du uns für eine Weile auf dem Leuchtturm besuchst, war er einfach nicht mehr zu halten.“

Nella hatte das Erdbeerfröschchen erst kurz nach ihrem Umzug ins Muschelinternat kennengelernt, als sie Max an Land besucht hatte. Trotzdem waren sie richtig gute Freunde geworden.

Das Erdbeerfröschchen hatte sogar eine Zeit lang die Beförderung der Briefe von Nella und

Max an Land übernommen. Aber dann war das Muschelschloss an einen geheimen Ort umgezogen und der Weg war für Pumilio zu weit geworden.

„Es ist mir eine Ehre, Eure Königliche Hoheit, Ihnen für kurze Zeit zu Ihren Flossen liegen zu dürfen“, summte das Erdbeerfröschchen innig. „Wenn es erlaubt ist, darf ich Ihnen kurz meine neue Komposition vorstellen. Sie heißt *Die schöne Prinzessin und der Bettelfrosch* und ist ganz allein für Euer Ehren bestimmt.“ Pumilio pumpte so viel Luft unter seine zarte rote Haut, dass Nella einen Augenblick befürchtete, dass er platzen könnte.

Stattdessen folgte eine gefühlvolle siebenstrophige Ballade, deren letzte Zeilen selbst Oma Ida Tränen in die Augenwinkel trieben:

Du bist eine Prinzessin, ich nur ein Bettler,
wie können wir ein Haus bauen nur aus unseren Träumen.
Uuuuuhhhhhhhhhhhh – uns kann nur ein Wunder helfen – uuuuuhhhhhh.
Du tauchst auf den Meeresgrund in einem Boot ohne Anker.
Uuuuuhhhhhhhhhhhh – uns kann nur ein Wunder helfen – uuuuuhhhhhh.

Du bist eine Prinzessin, ich nur ein Bettler,
wie können wir ein Haus bauen nur aus unseren Träumen.

Pumilio hatte von Anfang an hartnäckig behauptet, dass Pimpinella in Wirklichkeit eine Prinzessin sei. Niemand hätte damals gedacht, dass er Recht behalten sollte. Jaja.

Erdbeerfröschchen haben eben nicht nur eine außergewöhnliche Summstimme, sondern auch meistens den richtigen Riecher.

3

Robben auf Kurs

Das Allererste, was Nella am nächsten Morgen nach dem Aufwachen erblickte, waren weitere auf dem Meer treibende Brillenpinguine und eine Antarktische Raubmöwe, die mit ihrem Schnabel wütend in eine Eisscholle pickte.

„Wenn das so weitergeht, haben wir bald eine ganze Arche Noah hier versammelt“, sagte Oma

Ida besorgt. Sie stand mit ihrem Fernglas am Küchenbullauge und schaute auf das Meer hinaus.

Nellas Vater schickte einen Funkspruch nach dem anderen zu Kollegen in aller Welt. Vor Aufregung hatte er bereits einen ganz roten Kopf.

„Ich muss total aufpassen, dass mir kein Schiff auf das Riff aufläuft“, meldete Opa Jost aus dem Leuchtfeuerzimmer. „Auf offener See ist heute ganz schlechte Sicht. Bringst du mir eine Kanne Kaffee, Ida?“

Nella rührte unglücklich in ihrem Kakao. „Wo kommt denn das ganze Eis plötzlich her?“, fragte sie verständnislos. „Es ist doch noch Sommer.“

Oma Ida zuckte hilflos mit den Schultern und goss den frisch gebrühten Kaffee in die Thermoskanne um. „Ich habe keine Ahnung, meine Süße“, antwortete sie. „Ich kann mich nicht erinnern, dass wir schon mal so einen verrückten Wetterumschwung hatten!“

Sie schnappte sich noch eine Packung Kekse und kletterte nach oben zu Opa Jost.

„Aber ich weiß, wann das letzte Mal ganz merkwürdiges Wetter war“, sagte Max düster und presste das Fernglas an seine Augen. „Als du mir auf den Klippen deine Muschelsammlung gezeigt hast. Weißt du noch? Da zog plötzlich ein Gewitter auf. Total seltsam."

Nella wurde vor Angst eiskalt. Wie hätte sie diesen Tag jemals vergessen können? Damals war ihre grünblaue Lieblingsmuschel in Flammen aufgegangen, während sie selbst mit Schüttelfrost auf den Klippen stand. „Glaubst du, das hat was mit dem Grauen König zu tun?", fragte sie flüsternd.

Max seufzte. „Woher soll ich das so genau wissen", sagte er. „Und wer ist dieser Typ überhaupt? Das habe ich immer noch nicht ganz begriffen."

Nella schaute nach, ob Oma Ida noch im Leuchtfeuerzimmer beschäftigt war.

„Der Graue König ist ein böses Wesen, das in der tiefsten Untiefe des Meeres lebt und alle Meerjungfrauen und Wassermänner hasst, die zusammen mit Samu, dem weisen Riesenkraken, aufpassen, dass Fische und andere Lebewesen im Meer friedlich miteinander leben können und niemand zu kurz kommt. Er will die Macht in der Unterwasserwelt an sich reißen und dazu braucht er mich, weil ich eine Prinzessin bin." Sie flüsterte beinahe.

„Ich weiß, das klingt schrecklich kompliziert. Aber so ähnlich hat es mir der Wassermann Grünbart erklärt. Er gibt auch Meerestiere, die sich mit dem Grauen König verbündet haben. Die Feuerquallen zum Beispiel oder die blauen Seesterne. Die Katzenhai-Jungs aus dem Felseninternat haben sich auch schon auf seine Seite geschlagen, sagt Herr Grünbart."

Max blies schockiert seine Backen auf. „Das hört sich ja fast an wie Krieg", stellte er fest und pustete die Luft wie eine Dampflok wieder aus. „Weiß dein Papa eigentlich, wie gefährlich es im Muschelschloss ist?"

Nella antwortete nicht. Stattdessen nahm sie Max das Fernglas aus der Hand und schaute selbst durch. „Schade, dass wir jetzt nicht weiter Tauchen üben können", sagte sie schließlich. „Ich würde dir das Muschelschloss zu gerne zeigen. Dann könntest du verstehen, warum ich dort so gerne bin … *auch* so gerne bin", verbesserte sie sich, als sie Max' betrübten Gesichtsausdruck sah.

Max ergriff dankbar Nellas Hand. „Du bist meine allerliebste Freundin", sagte er mit rauer Stimme. „Hast du inzwischen wenigstens was Neues über deine Mutter herausgefunden?"

Bevor Nella antworten konnte, stürmte ihr Vater die Treppen herunter. „Ich habe gerade eine wichtige Funknachricht bekommen!", rief er. „Ein gigantischer Eisblock driftet direkt auf Robben Island zu. Mein Freund dort möchte, dass ich so schnell wie möglich das U-Boot klarmache, um bei der Rettung der Tiere zu helfen."

Nella bekam große Augen. „Oh, Robben, wie süß. Darf ich mitkommen? Bitte, bitte, bitte."

Nellas Vater schüttelte energisch den Kopf. „Kommt nicht infrage, mein Apfelbäckchen. Das ist viel zu gefährlich. Wir wissen ja gar nicht, woher das Eis stammt und ob nicht noch mehr hinterher kommt."

Nella guckte enttäuscht. „Wie lange dauert das denn? Ich möchte so gerne die Robben sehen. Und außerdem hast du mir doch versprochen, dass du mich mit deinem U-Boot ein Stück Richtung Muschelschloss mitnimmst, wenn ich wieder zurückschwimme."

Kapitän Seestern strich seiner Tochter liebevoll über den Kopf. Er schluckte ein paarmal, bevor er weitersprach. „Daraus wird leider nichts. Meine Arbeit ist nichts für kleine Mädchen. Ich habe schon mit Oma und Opa besprochen, dass es am besten ist, wenn du morgen in das Muschelinternat zurückreist. Es könnte sein, dass sie hier wegen der

Tiere und weil immer mehr Eis auf dem Meer treibt jede Menge zu tun bekommen. Und schließlich musst du ja auch langsam mal wieder in die Schule gehen. Ich glaube, dass dich deine Freundinnen schon ganz doll vermissen, oder?“ Er lächelte sie ein wenig verlegen an.

„Das ist ja gemein!“ Nella sprang empört auf. „Du tust gerade so, als ob das Muschelschloss ein Kindergarten wäre. Aber dort ist es auch sehr gefährlich, viel gefährlicher als bei deinen blöden Robben. Mit dem Korallenlabyrinth und den fiesen blauen Seesternen, die einen auffressen wollen und dem Grauen König und so.“ Sie rannte weinend aus der Küche.

Kapitän Seestern sah seiner Tochter verblüfft hinterher. „Wen meint sie denn mit Grauer König und wo ist dieses Labyrinth?“, fragte er Max hilflos.

Max zuckte scheinbar überfragt die Achseln. „Vielleicht irgendeine Geschichte, die sie für den Unterricht vorbereiten muss?“, schlug er unschuldig vor.

Nellas Vater nickte erleichtert. „Bestimmt hast du Recht. Heiliger Klabautermann. Ist eben eine echte Seestern, mein Apfelbäckchen. Erfindet Seemannsgarn, dass sich die Balken nur so biegen. Einen Moment lang habe ich mich richtig gegruselt. Na ja, kein Wunder. Sie ist einfach enttäuscht, dass ich schon wieder los muss. Geht mir nicht viel anders.“

Er schüttelte Max die Hand. „Habe gehört, dass du super schwimmst! Weiter so!“ Dann verließ er eilig die Küche, um seinen Seesack zu packen.

4

Ein Blauwal nimmt Fahrt auf

„Warum kann ich nicht auf Herkules ins Muschelschloss reiten wie immer?“, protestierte Nella laut und ungeduldig. Aber ihre Stimme zitterte dabei ein wenig.

Draußen war es noch beinahe dunkel. Der Blauwal, der seinen gewaltigen Schwanz auf der Wasseroberfläche hin und her schlug, sah alles andere

als gemütlich aus. Auf seinem Rücken, der so groß war, dass man bequem darauf Fußball spielen oder Geburtstag feiern konnte, waren Muschelhälften angebracht, die wie Schalensitze aussahen. Die gepolsterten Matten darin waren aus dickem Seegras geflochten.

„Der Wal ist schneller“, erklärte Nellas Vater mit ruhiger Stimme. „Und er funktioniert wie ein Eisbrecher. Das Wasser ist im Augenblick voller Tücken. Deinem zarten Herkules würden sofort die Knöchelchen abfrieren. Mach dir keine Sorgen: Du wirst dir vorkommen, als würdest du in einer Sänfte reisen.“ Er umschlang Nella mit seinen kräftigen Armen und drückte sie fest an sich. „Pass auf dich auf, mein Apfelbäckchen“, flüsterte er in ihr Ohr. „Ich weiß, dass du ganz tapfer bist.“

Oma Ida reichte Nella eine wasserfeste Dose mit Proviant und küsste sie. „Der Blauwalbus erinnert mich ein wenig an einen Elefanten“, sagte sie. „Stell dir einfach vor, du reitest mit ihm durch die Wüste.“

Opa Jost gab Nella einen lieb gemeinten Nasenstüber. „Denk daran, Große!“, murmelte er gerührt, als Nella ihr Gesicht gegen seinen Bauch drückte. „Sind alles nur Fische da unten, kein Grund zur Aufregung. Blubbern sie dumm, blubberst du einfach dumm zurück. Schön, dass du mal wieder da warst."

Max sagte gar nichts. Stattdessen machte er eine vielversprechende Tauchbewegung und grinste dabei über das ganze Gesicht wie ein Honigkuchenpferd.

„Na, dann üb mal schön, du Landratte", sagte Nella betont lässig. Sie konnte plötzlich nur noch seine Umrisse erkennen, weil sich zwei dicke Tränen in ihre Augen verirrt hatten.

Zu allem Überfluss stimmte das Erdbeerfröschchen ein furchtbar trauriges Abschiedslied an.

„Was Fröhliches!", bestimmte Oma Ida ärgerlich. „Kannst du zur Abwechslung nicht mal lustig sein, Fröschchen? In die Welt reisen ist doch was Feines. Da können wir keine Klagelieder gebrauchen."

Pumilio unterbrach abrupt seinen Vortrag. „Ihre Hoheit die Prinzessin wissen sicherlich, dass Melancholie und Freude zueinandergehören wie ein ewiges Band", sagte er gestelzt. Er blähte beleidigt seine Backen auf.

„Ach, Pumilio!", rief Nella gerührt. „Am liebsten würde ich dich in meine Flossentasche packen und in den Unterricht mitnehmen.“

Das Erdbeerfröschchen rettete sich mit einem entsetzten Aufquaken auf die Schulter von Max. „Um Himmels willen, Euro Gnaden“, summte es vor Angst ganz schräg. „Das wäre mein sicherer Tod.“

Kapitän Seestern hob Nella wie eine Feder hoch und setzte sie auf den Rücken des Blauwals. Er gab dem Riesen einen Klaps und brüllte: „Tiefgang, ahoi!“

Dann zwinkerte er Nella aufmunternd zu. „Habe ich dir eigentlich jemals erzählt, dass deine Mama etliche Male mit diesem Blauwal abgetaucht ist?“

Er legte zwei Finger an seine warme Mütze. Kapitäne bekommen schnell kalte Ohrläppchen.

Die Reise auf dem Oberdeck des Blauwalbusses war noch aufregender, als Nella es sich vorgestellt hatte. Praktischerweise war sie an diesem Morgen der einzige Fahrgast und so musste der Blauwal nicht an jedem winzigen Korallenbaum anhalten.

Eigentlich hätte Nella jedoch ganz gerne ein wenig Gesellschaft gehabt. Der Wal war stumm wie ein Fisch, obwohl er ja in Wirklichkeit ein Säugetier war. Sein Schwimmstil war allerdings alles andere als ruhig. Nella spürte, wie ihr Frühstückskakao in ihrem Bauch herumgequirlt wurde, als wäre sie in einer Achterbahn unterwegs. Da half nur „Augen zu und durch“ – einer von Opa Josts Lieblingssprüchen. Nella schloss ihre Augen, aber das Gefühl wurde nur noch schlimmer. Hastig riss sie die Augen wieder auf und klammerte sich an ihre Seetangdecke.

„Hallo, Nella, wo kommst du denn her?“

Nella fuhr erschrocken herum und fiel fast aus ihrer Muschelschale. Ein Schwarm Putzerfische hatte sich auf den anderen Muschelschalen angesiedelt und eifrig damit begonnen, diese zu säubern. Dabei benutzten die Fische ihre Mäuler wie Staubsauger.

Der kleine Putzerfisch, der Nella beim Namen genannt hatte, schwamm aufgeregt um sie herum und schnappte dabei ein paar Wasserflöhe aus dem Geflecht der Seetangdecke.

„Kennen wir uns?“, blubberte Nella zurück. Sie war verwirrt und erleichtert zugleich. Der Dialekt der Putzerfische bestand nur aus einfachen Reihungen von verschieden langem Geblubber.

Nella beherrschte den Grundwortschatz mittlerweile sehr gut.

Der Putzerfisch überschüttete Nella mit einem Schwall von Geblubber. „Aber klar. Ich gehöre zur Familie Lipps. Meine älteren Geschwister machen im Muschelschloss die Schlafsäle sauber und meine Tanten sind im Stall bei den Seepferdchen angestellt. Unsere Familie ist sehr tierlieb. Ich mache ein Praktikum in dieser Kolonne hier. Ich möchte nämlich unbedingt noch mehr von der Welt sehen." Der kleine Lipps machte es sich neben Nella auf der Muschelschale gemütlich. „So eine Reise auf dem Blauwalbus ist doch was Feines, oder?"

Mit dem plappernden Putzerfisch als Gesellschaft verging Nella die Fahrt nun wie im Flug. Bald erkannte sie die ersten Riffe.

Weit konnte das Muschelschloss nicht mehr entfernt sein. Ihr Herz machte ein paar Hopser, als sie den Bug des versunkenen Piratenschiffs entdeckte, das sie vor einiger Zeit zusammen mit Nick erkundet hatte.

Nur noch wenige Minuten und sie war wieder in ihrem zweiten Zuhause.

5

Ein echter Muschelschock

Das Muschelinternat sah so hübsch aus wie immer. Nella freute sich plötzlich unbändig darauf, ihre Freundinnen zu überraschen. Die würden bestimmt dumm aus der Muschel gucken, wenn sie so unverhofft auftauchte, und hatten ganz sicher viele aufregende Neuigkeiten zu erzählen.

Am besten, sie machte sich gleich nach dem

Frühstück auf die Suche nach Mari. Denn diesem Meermädchen, das noch zwei Drillingsschwestern hatte, entging nicht der winzigste Klatsch und vor allem hatte es sicher auch die neuesten Streiche der Wasserjungen aus dem Felseninternat auf Lager.

Der Blauwal walzte sich seinen Weg bis vor das große Eingangsportal und bremste sanft ab. Nun war Nella fast ein wenig traurig, dass ihre erste Fahrt schon zu Ende war. Hatte man sich erst einmal an das Geschaukel gewöhnt, war es richtig lustig. Vielleicht sollte sie irgendwann einmal mit dem Blauwal quer durch alle Ozeane reisen. Bestimmt gab es noch viel mehr spannende Unterwasserorte als die, die sie bisher kennengelernt hatte.

Nella sah Bobo durch ein geöffnetes Fenster ins Schloss abtauchen. Täuschte sie sich oder ergriff er vor ihr die Flucht? Sie musste grinsen. Das wären ja ganz neue, liebenswerte Seiten an dem fiesen Quallenagenten. Kein anderer Aufpasser der Palastwache machte Nella das Leben im Internat schwerer als er.

Nella landete mit einem großen Hopser im weichen Sand. Sie streckte sich und wackelte mit ihren Zehen. Ach nein! Anstelle ihrer Füße befand sich dort ja wieder ihre Schwanzflosse. Aber mit dieser konnte sie sich mittlerweile so geschickt fortbewegen wie ein Fisch. Zärtlich strich sie über ihre bunten Schuppen. Sie fand die Farben wunderschön. Damit konnte sie mit jedem prächtigen Fischkleid mithalten.

„Untertänigsten Gruß!"

Nella drehte sich überrascht um und sah ihren Freund Thomas, den Vampirtintenfisch. Er machte eine tiefe Verbeugung und kugelte sogleich ungeschickt vornüber über ihre Flosse.

„Hallo, mein Süßer!", kreischte Nella entzückt. Sie schnappte sich drei Tentakel auf einmal und zog ihn stürmisch an ihre Brust, um ihn so richtig durchzuknuddeln.

Der Vampirtintenfisch lief knallrot an wie ein gekochter Hummer.

„Ähm, ja! Guten Tag … Eure Hoheit", stammelte er. „Eure überraschende Ankunft wurde der Schulleiterin bereits von den Quallenagenten übermittelt. Im Salon steht ein kleines Frühstück bereit. Ich darf mich zurückziehen." Er entwand sich Nellas Umarmung und brachte sich mit einer Rückwärtsrolle in Sicherheit. Dabei bekamen seine roten Fangarme vor Aufregung dunkellila Punkte.

„Alles in Ordnung mit dir?“, fragte Nella besorgt. „Hast du wieder heimlich Wasserrosenknospen genascht und spielst den Pausenclown, weil dich dein Gewissen quält? Thomas, Thomas!“ Sie hob zum Spaß den Zeigefinger und drohte ihm damit.

Die seltenen Wasserrosen wurden in Beeten im Schlossgarten gezüchtet und galten als besondere Delikatesse für die empfindlichen Seepferdchen. Den Tintenfischen war es streng verboten, davon zu naschen. Thomas konnte es allerdings nicht lassen, immer mal wieder welche zu stibitzen.

Anstatt zu antworten, schlug der Vampirtintenfisch seine Fangarme vor das Gesicht. „Niemals würde ich Eure Hoheit so enttäuschen“, schluchzte er laut auf. „Ehrenwort, Euer Gnaden.“

Nella wurde ganz heiß vor Schreck. Was war denn mit dem Vampirtintenfisch los? Bisher hatte er über ihre Späße so herzhaft lachen können, dass er sich sogar schon mehrmals an seiner eigenen Tinte verschluckt hatte.

„Thomas, wenn du mich veräppeln wolltest, dann reicht es langsam“, sagte sie streng. „Dein albernes Gequatsche finde ich gar nicht mehr lustig. Ich komme gerade mit dem Walfischbus an

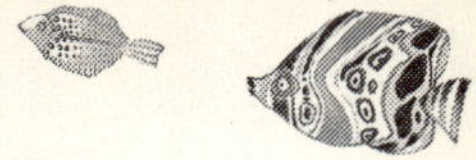

und freue mich total, dich zu sehen. Ich kann verstehen, dass du ein bisschen sauer bist, weil ich euch alle so lange allein gelassen habe und Extra-Ferien bei meinem Papa machen durfte, aber jetzt ist Schluss mit lustig." Sie wirbelte mit ihrer Schwanzflosse unmutig Sand auf. So hatte sie sich ihre Rückkehr ins Muschelschloss nicht vorgestellt. Der Vampirtintenfisch war ja komplett durch den Wind!

„Niemals würde ich … so etwas … Böses wagen, meine Prinzessin", stammelte Thomas unglücklich. Aus seinen großen Augen kullerten dicke rosa Tränen. „Es tut mir alles wahnsinnig leid, doch erlauben Sie mir nunmehr gütigst, mich zu empfehlen." Er machte einen tiefen Knicks und verschwand.

Nella guckte ihm verblüfft hinterher. Wilde Gedanken jagten durch ihren Kopf.

Hoheit? Euer Gnaden? Prinzessin?

Konnte es sein – nein, war es tatsächlich …?

Ungeheuerlich, wenn es wirklich so wäre!

Doch wie hätte das in ihrer Abwesenheit passieren können …

Sicher nur ein dummes Spiel von Thomas, weil er eifersüchtig auf Oma und Opa war!

Oder auf Max?

Alles nur ein ganz blödes Missverständnis.

Nella wurde heiß und kalt. Sie dachte fieberhaft nach.

Was wäre, wenn der Vampirtintenfisch tatsächlich ehrlich verwirrt war, weil es sich im Muschelschloss herumgesprochen hatte, dass …

Nein, beschloss sie. Das war ganz und gar unmöglich!

Die Pforte ging auf und Señor Nigri schwamm heraus.

Als er Nella erblickte, machte er eine höchst elegante Verbeugung, wie es sich für einen spanischen Fechtmeister gehörte, und sah sie prüfend an.

„La princesa Pimpinella Ozeana, fenomenal. Sie werden schon sehnsüchtig erwartet“, seufzte er und seine Worte hörten sich eher bedauernd als froh an.

„Die Schulleiterin hat sich bereits mit einem kleinen Gefolge im Salon versammelt und brennt darauf, mit Euch über die Zukunft zu sprechen. Wir sollten sie nicht länger zappeln lassen, denke ich. Und? Wie war die Reise mit dem Walfischbus? Alle Flossen noch dran, Hoheit?“ Er lächelte Nella aufmunternd an, ohne einen besorgten Unterton verbergen zu können.

„Prinzessin?“, stöhnte Nella entsetzt auf. „Wieso denn?“

Ihr wurde plötzlich schwarz vor Augen und sie musste sich mit ihrer Schwanzflosse gegen die Pforte stemmen, sonst wäre sie einfach umgekippt. „Was hat das alles zu bedeuten? Warum ist Thomas so komisch und weshalb sagen Sie plötzlich Hoheit zu mir?“

Sie klammerte sich ängstlich an Señor Nigris Rückenflosse und hielt ihn zurück.

Nellas Lehrer ließ ein paar nachdenkliche Blasen aus seinem Maul blubbern, bevor er schließlich antwortete. „Nun, wie soll ich das in einem einzigen Satz erklären, allerliebste Prinzessin? Da konnte wohl jemand seine Kiemen nicht im Zaum halten. Und nun weiß das von Aquarius Grünbart bestgehütetste Geheimnis der Wasserwelt auch der dümmste Wasserfloh. Ganz ehrlich. Ich möchte gerade nicht in Ihren Flossen stecken.“

6

Haifischblut und Schneckenaugen

„Ich war es nicht!“ Nella brach beinahe in Tränen aus, als sie vor der Schulleiterin stand. Ihre Schultern zuckten und ihre Flossenspitze fühlte sich eisig an.

Sie konnte sich nicht erinnern, wann sie das letzte Mal so unglücklich gewesen war. Anscheinend waren alle im Muschelschloss stinksauer auf sie. Selbst ihre besten Freundinnen. Jedenfalls hatten sie sich die ganze Zeit nicht blicken lassen. Oder war es ihnen etwa verboten worden, mit ihr zu sprechen?

Nur weil Nella dummerweise eine Prinzessin war. Dabei hatte sie sich dieses Los nicht einmal selbst ausgesucht.

Sie hatte sich an die Anweisung des Wassermannes Aquarius Grünbart gehalten und ihr Geheimnis nicht verraten. Auch wenn ihr die Schulleiterin Frau Pataria wieder einmal nicht glaubte.

Schon als kleines Mädchen hatte Nella lieber Seefahrerin werden wollen als eine Prinzessin. Bestimmt hatte sie damals schon geahnt, warum.

Als Kapitänin auf einem Schiff konnte sie später wie ihr Papa Tiere und die Umwelt retten, als Prinzessin hatte man anscheinend ständig nur Ärger und niemand konnte einen leiden.

„Ach. Hört euch das Gefasel an. Und wer soll dein süßes Geheimnis sonst ausgeplappert haben, werte Prinzessin?“, rief Frau Pataria aufgebracht. „Wolltest ein bisschen auf den Muschelputz hauen, dich mal wieder in den Mittelpunkt stellen, oder?“ Sie sah sich Beifall heischend um.

Aber außer Bobo, dem Quallenagenten, der eil-

fertig nickte, sagte keiner der von ihr herbeigerufenen Fische ein Wort. Die meisten hielten ihre Mäuler unter ihren Flossen versteckt und sahen so aus, als ob sie sich am liebsten ihre nicht vorhandenen Ohren zuhalten würden.

„Feiglinge!“, brüllte Frau Pataria. „Jämmerliche Fischschleimer. Trauen sich nicht, einer Prinzessin die Wahrheit ins Gesicht zu schleudern.“

Sie zupfte wütend ihre Hochfrisur zurecht und stopfte eine flüchtende Wasserschnecke zu den anderen Schnecken unter ihrem Haarnetz zurück.

Die Schulleiterin hatte sich heute extra in Schale geworfen, schließlich ging es darum, wichtige Entscheidungen zu treffen.

Das blutrote Kleid, das sie trug, hatte Nella schon immer besonders grässlich gefunden. Es hatte einen breiten Seeschlangenkragen, und das Meermädchen sah, dass selbst die orangefarbenen Schlangen heute höchst schlecht gelaunt waren. Sie züngelten um den Hals der Schulleiterin wie Flammen und dehnten ihre Mäuler in Nellas Richtung, wenn Frau Pataria das Wort an sie richtete.

Besonders abstoßend war die Handtasche, die an Frau Patarias Handgelenk baumelte. Sie bestand aus lebendigen Wasserspinnen, deren behaarte Beine ineinander verschränkt waren, als ob sie Händchen hielten. Ihre warzenförmigen Körper bildeten ein schachbrettartiges Muster.

In diesem Moment klappte die Schulleiterin ihre Tasche auf und nahm eine Schreibmuschel heraus. „Als Prinzessin bringst du das Muschelschloss in allergrößte Gefahr“, fuhr sie mit ihrer Strafpredigt fort. „Ich habe vorgeschlagen, dich für immer an Land zu verbannen, aber der weise Samu sagt, du musst deiner Bestimmung folgen und die Meere beschützen, wenn du erwachsen bist.“

Sie lachte heiser. „Wenn der Alte sich da nicht gewaltig irrt. Ich glaube nicht, dass du für so eine schwere Aufgabe geeignet bist. Meerprinzessin hin oder her. Auch Riesenkraken werden schließlich nicht jünger. Leider habe ich, was das betrifft, noch nichts zu sagen, sonst wäre dieser Spuk schon längst zu Ende, nicht wahr, lieber Nigri?“

Sie unterbrach sich und wartete auf eine Reaktion. Aber Señor Nigri hüstelte nur leise vor sich hin und gab keine Antwort.

„Zunächst bekommst du ein Einzelzimmer und einen Privatlehrer“, fuhr Frau Pataria stirnrunzelnd fort. „Der Japanische Sägehai Joop Japonicus hat sich heute Früh in die erste Kutsche geworfen und ist bereits auf dem Weg ins Schloss. Schön, wenn man sich auf jemanden wirklich verlassen kann.“

Sie bedachte Señor Nigri mit einem nicht gerade freundlichen Blick.

„Alle weiteren Regeln stehen auf dieser Liste. Lerne sie sorgfältig auswendig, denn du musst damit rechnen, dass die Verbündeten des Grauen Königs nunmehr Tag und Nacht darauf lauern, dich in ihre Fänge zu bekommen. Ich kann kein Personal abstellen, um dich zu bewachen. Agent Bobo steckt bis zu den Tentakelspitzen in wichtiger Arbeit.“

Mit diesen Worten drückte sie Nella die Schreibmuschel in die Hand. Dann schnippte sie mit dem Finger und zwei Anglerfische deckten in Windeseile einen Tisch vor Nella.

„Ab morgen isst du dein Frühstück am Tisch der Lehrer. Nahrhaften Schneckenaugenbrei und ein Glas Haifischblutsaft zur Stärkung“, erklärte Frau Pataria. „Iss deine Schüssel immer ordentlich leer, schließlich bist du auserkoren, die Wasserwelt zu retten.“ Sie lachte höhnisch auf, als ob sie einen besonders guten Witz gemacht hätte.

„Heute wird dir Bobo Gesellschaft leisten und

beim Umräumen helfen. Danach rührst du dich nicht aus deinem Zimmer, bis Japonicus eintrifft." Sie beugte sich vor, sodass die Seeschlangen Nella gefährlich nah kamen. „Haben wir zwei uns also verstanden, Eure Hoheit?" Sie verzog spöttisch ihren Mund. „Und vergiss nicht, gehorsam zu sein. Sonst landest du direkt beim Grauen König in der Untiefe."

7

Quallenrülpser im Salon

Nella und der aufgeblasene Quallenagent Bobo blieben allein im Salon zurück. Bis zu diesem Tag war es Nella wie allen anderen Meermädchen auch streng verboten gewesen, diesen Raum zu betreten. Er war ganz außergewöhnlich eingerichtet – mit runden Tischen aus Austernschalen und Tapeten aus echten Wasserrosen, die einen wunderbaren

Duft verströmten. Besonders edel sah ein Schränkchen aus, das komplett mit hellgrünen Perlen beklebt war. In der Ecke stand ein Sofa aus rot gefärbtem Seegras, auf dem weiße spinnengewebte Kissen lagen. Normalerweise hätte Nella neugierig in jeder Ecke herumgeschnüffelt. Aber dafür war die letzte Stunde zu verkorkst gewesen.

So saß sie wütend und mit zusammengekniffenen Lippen vor ihrem unberührten Frühstück und verschränkte trotzig die Arme.

„Und Euer Hoheit schmecken der überaus köstliche Schneckenaugenbrei wirklich nicht?“, säuselte Bobo schon zum dritten Mal. Dabei hörte sich seine Stimme an, als ob er an einem Kreidefelsen genagt hätte und er lugte begehrend in die randvolle Schüssel.

Nella schüttelte heftig den Kopf. „Von diesem schleimigen Zeug schlucke ich keinen winzigen Löffel!“, sagte sie bebend. „Und der Haifischblutsaft kann mir auch gestohlen bleiben.“

Bobo grinste verschlagen. „Dann werde ich mich eben opfern müssen, Prinzessin. Sie wissen, unsere liebe Schulleiterin ist sehr eigen. Sie kann es überhaupt nicht leiden, wenn man ihre Anweisungen nicht befolgt.“

Er schnappte sich die Schale und schüttete den Inhalt gierig in seinen Schlund. Anschließend trank er den Haifischblutsaft in einem Zug leer.

„Chhhhh-aaaaaaa!“ Er rülpste laut und zufrieden.

„Ihhh, wie eklig!“ Nella schüttelte sich. „Ich verstehe nicht, wie man das essen kann, ohne tot umzufallen.“

Der Quallenagent grinste. „Alles eine Frage des guten Geschmacks“, sagte er und rieb sich ausgiebig seinen kugelrunden Bauch. Danach machte er ein paar Turn- und Streckübungen. „Ich fühle mich gerade stark wie ein weißer Hai! Obwohl: Ein kleines Verdauungsschläfchen wäre jetzt auch nicht schlecht.“ Er begann laut zu gähnen.

In diesem Moment schoss Señor Nigri herbei wie ein giftiger Stachelrochen und pikste Bobo mit seiner scharfen Flosse in die weichen Flanken.

„Nichts da, du Faulfisch!“, rief er ärgerlich aus. „La princesa hat Besseres zu tun, als mit einer rülpsenden Qualle Zeit zu vertrödeln. Manos a la obra, an die Arbeit und dalli.“ Anscheinend hatte er die ganze Zeit draußen vor der Tür gelauscht und nur darauf gewartet einzuschreiten.

„Muchas gracias, señor!“, sagte Nella dankbar.

„Ich bin total durcheinander. Was soll ich nur tun?“, fragte sie verzweifelt.

Der Fächerfisch war von Anfang an immer nett zu ihr gewesen. Und selbst jetzt behandelte er sie als Einziger im Schloss normal.

„‚Taten vertreiben den Kummer‘ lautet ein altes Sprichwort aus meiner Familie. ‚Lege die Flossen nicht in den Schoß.‘ Viel Glück dabei, Princesa.“

Nella sah ihren Fechtlehrer überrascht an. „Mein Opa Jost hat auch immer Sprichwörter parat. Wenn der Fischhändler meiner Oma zum Beispiel gammeligen Fisch angedreht hat, sagt Opa: ‚Wer andern eine Grube gräbt, fällt selbst hinein.‘ Und wenn ich beim *Mensch ärgere dich nicht* fünfmal verliere, stinksauer bin und keine Lust mehr habe weiterzuspielen, sagt er: ‚Es ist noch nicht aller Tage Abend‘ und beim nächsten Mal gewinne ich dann.“

Der Fechtlehrer schwang zustimmend seine breiten Flossen. „Excelente, dein Tata, ein wirklich kluger Mann. Jetzt hast du gleich drei Ratschläge auf einmal zur Hand. Suche dir den besten davon aus.“ Er verneigte sich zum Gruß und schwamm eilig davon.

Der Quallenagent sah ihm mit einem ziemlich

belämmerten Gesicht hinterher, so als hätte er nicht viel von der Unterhaltung zwischen Nella und Señor Nigri verstanden. „Also, Prinzessin", sagte er gereizt. „Soll ich mit dem Umräumen loslegen oder möchten Hoheit noch länger schlaue Blasen blubbern? Dann würde ich mich nämlich doch noch ein halbes Stündchen auf die Tentakel hauen."

Nella holte tief Luft. „Nein, nein", sagte sie und wunderte sich selbst, wie energisch sie plötzlich klang. „Taten vertreiben den Kummer. Sehr viele Sachen habe ich nicht zu packen. Ich hoffe, mein Bett passt in das neue Zimmer und dann natürlich der Muschelschreibtisch, der ist ganz wichtig, und der süße Teppich mit dem Wasserrosenmuster, den mir Fräulein Weißkäppchen zum Abschied geschenkt hat, dann die Stabmuschelsammlung, die ich Max zum Geburtstag schenken will, und schließlich darf ich auf keinen Fall vergessen, dass ..." Sie sprach den Satz nicht zu Ende, sondern schwamm geschäftig los.

Bobo verschlug es einen Moment lang die klebrige Spucke, bevor er seine Tentakel im Zeitlupentempo hinter Nella herbewegte.

8

Schmollende Seeschlangen

„Hallihallo, meine Goldstücke, ich bin wieder da-a-a!“

Nella stieß übertrieben fröhlich die Tür des Zimmers auf, das sie gemeinsam mit Dafne bewohnte. Wenn sich selbst ihr bester Freund Thomas nicht in die Tentakel nehmen ließ, wollte sie wenigstens ihre Haustiere zur Begrüßung knuddeln, hatte sie sich trotzig vorgenommen. Noch vor nicht allzu langer Zeit hätte sich Nella nicht träumen lassen, dass sie sich einmal so darauf freuen würde, zwei höchst gefährliche Wasserschlangen zu umarmen.

Astro und Hydra lagen so regungslos auf Dafnes Seetangmatratze, dass sie wie uralte aufgetürmte Muschelhaufen aussahen. Nicht einmal ihre Augen bewegten sich.

„Hal-li-hal-lo?“, stammelte Nella verwirrt. „Alles klar mit euch?“

Sie blickte betreten in Hydras tintenschwarze Pupillen.

Einen Augenblick lang wurde Nella richtig schwindlig, und alles um sie herum begann zu schwanken wie auf einem Schiff bei hohem Seegang. Gleichzeitig überfiel sie das furchterregende Gefühl, in der nächsten Sekunde von diesem dunklen Augentunnel aufgesogen zu werden.

Mühsam riss sich Nella von Hydras hypnotisierendem Blick los und versuchte hastig, ganz woanders hinzuschauen. Erst jetzt fiel ihr die große Unordnung im Zimmer auf. Überall lagen Kleider herum, ein Austernschalenkoffer war halb gefüllt mit Spielsachen, aufgefädelten Muschelketten und bunten Haarspangen. Ein schöner Schneckengürtel lag zerrissen auf dem sandigen Boden. Der Gürtel gehörte Dafne! Nella hatte ihn liebevoll für ihre Freundin gebastelt.

Etwas klapperte laut hinter ihrem Rücken.

Nella fuhr erschrocken herum.

Dafne war unbemerkt ins Zimmer gekommen. Sie hatte Muschelkastagnetten in der Hand und klappte diese auf und zu wie das Maul eines Raubfisches, bevor sie die Kastagnetten achtlos in den Koffer warf.

„Hei, du alte Flosse", sagte Nella und grinste schüchtern. „Alle Schuppen im Lot?"

Dafne musterte Nella mit grimmigem Blick. „Von wegen. Nichts ist in Ordnung. Riesiger Muschelmist ist das alles", platzte sie heraus, während sie hektisch begann, die Kleidungsstücke aufzusammeln und in den Koffer zu stopfen. „Was schnüffelst du hier in meinen Sachen herum? Keine Panik, ich packe nichts von deinem kostbaren Krempel ein. Ist diese schnarchende Witzfigur Bobo draußen auf dem Flur jetzt dein persönlicher Leibwächter? Ihr beiden seid echt das neue Traumpaar der Unterwasserwelt …"

Sie lachte schallend los und verpasste dem Austernschalenkoffer einen zornigen Schlag mit ihrer Flosse.

„Ich ver…verstehe … kein einziges … Wort“, stammelte Nella. „Warum sagst du so gemeine Sachen zu mir? Und weshalb ziehst *du* aus unserem Zimmer aus? Ich habe gedacht, *ich* soll ab heute woanders …“

Bevor sie ihren Satz zu Ende sprechen konnte, schlängelte sich Astro in Windeseile an Nella vorbei und drohte ihr mit seinem Giftzahn, bevor er es sich auf Dafnes Schultern bequem machte.

Nella verstummte erschrocken.

Hydra folgte ihm auf der Schuppe. Sie ringelte sich geschickt um Dafnes Hüfte und ließ gereizt ihre Schwanzspitze kreisen.

„Denken ist eben Glückssache. Vor allem bei Möchtegern-Prinzessinnen“, stichelte Dafne weiter. „Überleg nur mal eine Flohlänge, wie ungerecht es ist, dass du dieses riesige Zimmer ganz für dich alleine hast, während ich mir mit Mari und ihren nervigen Drillingsschwestern ein halb so großes Zimmer teilen muss.

Für Astro und Hydra gibt es dort nicht eine winzige ruhige Ecke, dabei hassen sie Unruhe. Bestimmt kriegt Hydra wieder ihr schlimmes Bauch-

weh. Um deine Schildkröte Olivia kümmert sich Mari sowieso schon ewig alleine, weil du nie da bist. Sonderurlaub nach *oben!* Pah! Stinkender Spinnenbrei!“ Sie ließ schwungvoll den Deckel ihres Koffers zuschnappen.

„Immer gibt es eine Extramuschel für dich. Hätte ich gewusst, was du mir für Ärger machst, wäre ich nie auf die Idee gekommen, dich an deinem Geburtstag zum Muschelschloss-Fest einzuladen. Eine tolle Freundin bist du“, endete sie verbittert. „Verjagst mich aus meinem eigenen schönen Zimmer ...“

Nella hatte Dafnes Vorwürfe vollkommen fassungslos auf sich herabprasseln lassen.

„Selber tolle Freundin“, rief sie nun empört. „Ich kann doch nichts dafür, dass ich eine Prinzessin bin. Und wissen sollte das eigentlich auch niemand. Keine Ahnung, wer mich so fies verpetzt hat. Und wegen des Zimmers – da kann ich ehrlich nichts dafür.“ Plötzlich liefen dicke Tränen über ihre Wangen.

„Mich kannst du mit deinem Geblubber nicht einlullen“, widersprach Dafne stur. „Ich glaube dir kein einziges Wort. Du bist eine richtig falsche Auster.“

Nella bekam vor Aufregung lauten Schluckauf.

„Und du bist so kratzbürstig wie ein Igelfisch. Weißt du was: Ich pfeife auf dein *schönes* Zimmer. Ab heute schlafe ich bei Herkules im Stall! Das ist wenigstens ein Freund, auf den ich mich verlassen kann."

Dafne stieß ein spöttisches Gewieher aus und begann, ihren Koffer in den Flur zu zerren. Sie bekam vor Anstrengung einen hochroten Kopf und ächzte unter dem Gewicht der Seeschlangen, die sie mittlerweile so fest umwickelt hatten, dass ihr beinahe die Luft wegblieb.

Nella spürte einen Stich in der Magengrube. Dafne hatte ja Recht. Astro und Hydra litten darunter, ihr vertrautes Heim zu verlassen. Normalerweise hätte Nella alles dafür getan, sich wieder mit ihrer Freundin zu versöhnen. Aber diesmal war Dafne zu weit gegangen. Nella war tief gekränkt.

Tatenlos sah sie zu, wie Dafne den Koffer über den Flur schob. „Eine echte Freundin hätte mir wenigstens eine Minute zugehört", rief sie ihr wütend hinterher und knallte die Zimmertür so heftig zu, dass der Quallenagent Bobo ängstlich aus seinem Mittagsschlaf hochschreckte.

9

Eine Beule für Thomas

„Als Erstes räumst du mein Zimmer auf, aber dalli. Hier sieht es ja aus wie nach einer Sturmflut! Eine echte Prinzessin kann auf keinen Fall in so einem Durcheinander wohnen“, befahl Nella, als der verschlafene Quallenagent Bobo zerknirscht herbeikugelte.

Mit diesen unerwartet strengen Tönen überrumpelte sie ihn tatsächlich so, dass er ungewöhnlich gehorsam begann, Nellas Zimmer mit seinen Tentakeln zu saugen und die Seegrasmatratzen auszuklopfen.

„Und vergiss nicht, die Muschelregale abzustauben. Wenn ich wieder zurück bin, gucke ich genau nach, ob du alles ordentlich erledigt hast. Ich will keine einzige Spinnwebe und keinen Krümel Schneckendreck entdecken."

Nella machte sich eilig auf die Flossen zu den Ställen, während Bobo brav die ihm aufgetragene Arbeit verrichtete. Sie kicherte leise vor sich hin. Dass es so einfach sein würde, Bobo zu überlisten, hätte sie nicht gedacht. Er hatte nicht einmal gefragt, wo sie so eilig hinschwamm. Und den schrecklichen Quallenagenten mal herumzukommandieren, ohne dass sie eine Strafarbeit von der Schulleiterin aufgebrummt bekam, war ein richtiger Spaß gewesen.

Zum Glück kannte Nella mittlerweile jeden noch so winzigen Schleichweg im Muschelschloss. Schließlich hatte sie gerade überhaupt keine Lust, einem Lehrer oder einem Meermädchen aus ihrer Klasse über die Schuppe zu schwimmen. Das gab nur wieder Ärger.

Nellas Seepferdchen stand bereits in seiner Box und knabberte so vergnügt an einem frischen Büschel Wasserrosen, als ob es das Schloss niemals verlassen hätte. Sobald sie mit dem Blauwalbus tief genug abgetaucht waren, hatte Herkules sich voller Freude von ihrem Armband losgerissen und war schon in den Stall vorausgaloppiert. Er hatte sein Lieblingsfutter an Land wohl sehr vermisst.

Nella schlang beide Arme um Herkules' Hals und drückte ihr Seepferdchen innig. Sogleich begann Herkules, an ihrem Ohrläppchen zu knabbern wie an einer frischen Rosenknospe.

Auf einmal fing Nella vor Kummer heftig zu weinen an. *So* hatte sie sich ihre Rückkehr in das Muschelschloss wirklich nicht vorgestellt. „Warum musste denn ausgerechnet *ich* als Prinzessin geboren werden?", schluchzte sie in Herkules' Ohr. „Ich bin wirklich ein Pechfisch. Dafne oder Mari wären bestimmt viel besser für so einen Posten geeignet."

Dafne wusste manchmal sogar auf Fragen eine Antwort, bei denen die Lehrer ratlos blieben. Mari war furchtbar abenteuerlustig und langweilte sich deshalb ständig. Sie würde als Prinzessin bestimmt jede Menge Spaß haben.

„Ich bleibe erst einmal bei dir, bis sich die Aufregung gelegt hat, mein Süßer." Nella seufzte und wischte sich die Tränen aus den Augen.

Sie schichtete abwechselnd weiches Seegras und Tang übereinander, bis sie ein gut gepolstertes Lager hatte. „Ist das gemütlich", stöhnte sie behaglich, als sie sich probeweise auf ihrem neuen Bett ausstreckte. „Besser als mein Wasserbett. Ich könnte auf der Stelle einschlafen."

Sie gähnte laut. „Und: Ein kleiner Mittagsschlaf würde mir nach der vielen Aufregung bestimmt nicht schaden. Bobo braucht sicher noch eine Weile, bis er mit dem Putzen …" Bevor Nella den Satz zu Ende gesprochen hatte, war sie bereits tief und fest eingeschlafen.

Nella sauste auf dem Rücken des Blauwals durch einen dichten Korallenwald. Sie lag flach auf seiner rauen Haut, um bei der hohen Geschwindigkeit nicht den Halt zu verlieren. So toll musste es sich anfühlen, von einem Elefanten durch den Urwald getragen zu werden, dachte sie begeistert.

Die Korallen streckten ihre Zweige wie Fühler nach ihr aus. Nella wusste, dass ihre gefährlichen Saugnäpfe sie auf keinen Fall berühren durften, und presste sich noch enger an den Wal.

Sie spürte ihre Verfolger näher kommen, obwohl diese beinahe lautlos durch das Wasser glitten.

„Da ist sie! Ich habe sie gefunden. Schnappt sie euch, damit sie nicht wieder entwischt."

Mit einem Schrei schoss Nella empor.

Die Saugnäpfe griffen nach ihr und rissen sie vom Rücken des Blauwals …

„Nein!" Nella boxte wild um sich.

Kampflos würde sie sich den Korallen nicht ausliefern, so viel stand fest.

Sie schlug kräftig zu und traf mit ihrer geballten Faust etwas Weiches.

„Autsch!", heulte eine vertraute Stimme auf. „Das hat ganz doll wehgetan."

Nella schlug die Augen auf und schaute sich verwirrt um. Zwischen mehreren Quallenagenten, die sich mit ihren widerlichen Tentakeln an ihren Armen und der Schwanzflosse festgesaugt hatten, erblickte sie ihren Freund, den Vampirtintenfisch.

„Lasst mich los, ihr blöden Spinner!", schrie Nella empört.

Und als das nicht sofort zum Erfolg führte, versuchte sie es mit ihrer neuen Methode: „Das befehle ich jetzt als Prinzessin. Oder wollt ihr euch Ärger einhandeln?"

Augenblicklich zogen die Quallenagenten ihre Tentakel ein.

„Geht doch“, murmelte Nella zufrieden und linste unauffällig von einem zum anderen. Ein bisschen unheimlich war ihr dieser plötzliche Sinneswandel schon. Sollte es wirklich reichen zu sagen, dass man Prinzessin war, und alle machten, was man wollte?

Sie dachte an Dafne und seufzte. Na ja. Fast alle.

Der Vampirtintenfisch drückte zwei Tentakel fest gegen seinen großen runden Kopf, der sich gerade dunkellila verfärbte, und stöhnte laut auf.

„Thomas!“, rief Nella entsetzt. „Hab *ich* dir etwa wehgetan?“

Der Vampirtintenfisch ächzte. „Ich glaube, ich bekomme eine riesige Beule.“ Er spuckte und war plötzlich in eine knallrosa Wolke gehüllt. „Eure Hoheit, meine ich natürlich“, fügte er verlegen hinzu.

„Geht der Quatsch schon wieder los?“, fragte Nella gereizt. Sie musterte Thomas besorgt. „Du brauchst was zum Kühlen. Oma Ida hat immer Eiswürfel im Kühlschrank. Für alle Fälle.“ Sie sah sich suchend um.

„Einen Eisfisch“, piepste ein Putzerfisch vorlaut dazwischen. „Was du brauchst, ist ein Eisfisch.“

Nella erkannte den kleinen Lipps, mit dem sie am frühen Morgen zusammen auf dem Blauwalbus gereist war.

Er knabberte die Seepferdchen-Tränke sauber und blubberte wichtig: „Ein Eisfisch aus der Antarktis zum Kühlen. Der wäre jetzt goldrichtig. Sonst sieht Herr Thomas bald aus wie dieser Herr Japonicus, der vorhin mit der Austernkutsche angekommen ist.“

Die Quallenagenten stöhnten im Chor auf.

„Wie *wer?*“, fragte Nella, nichts Gutes ahnend.

„Oh Gott! Der Herr Sägehai aus Japan. Den hätte ich jetzt fast vergessen“, rief der Vampirtintenfisch aus und klopfte sich mit seinem vierten Tentakel ärgerlich gegen die Stirn.

„Aufhören, sonst kriegst du doch noch eine Gehirnerschütterung, Thomas“, warnte ihn Nella.

„Also w-e-r?“, wiederholte sie ungeduldig.

„Joop Japonicus. Der neue Hauslehrer von Euer Hoheit“, winselte einer der Quallenagenten. „Er wartet schon ganz ungeduldig im Schloss auf Euch. Frau Pataria hat uns befohlen, Sie augenblicklich zu ihm zu führen.“

Die Quallenagenten streckten erneut ihre Tentakel nach Nella aus.

„Pfoten weg!“, rief Nella und klopfte dem vorwitzigsten Agenten energisch auf die Tentakelspitzen.

„Und wenn ich nicht mitkommen will?“, versuchte sie es erneut. „Prinzessinnen haben nämlich ihren eigenen Willen.“

Thomas schüttelte traurig den Kopf. „Verzeihung, meine allerliebste Prinzessin. Unser Befehl lautet: Unter Einsatz aller Tentakel die Prinzessin herbeischaffen. Und wer dem Herrn Sägehai einmal ins Gesicht geschaut hat, tut, was er sagt. Selbst Frau Pataria schwimmt wie ein aufgescheuchter Wasserfloh herbei, wenn Joop Japonicus in die Kiemen pfeift.“

10

Sägehaie zählen keine Erbsen

Der Japanische Sägehai Joop Japonicus schwamm gereizt in Nellas Zimmer auf und ab.

„Das wird aber auch allerhöchste Zeit“, knarzte er, als Nella durch die Tür schoss.

Ihr war ganz heiß, so furchtbar hatte sie sich beeilt. Mit dem Sägehai war nicht zu spaßen, da hatte der Vampirtintenfisch Recht. Sie war Herrn Japonicus schon einmal begegnet. Er hatte das Springturnier um die Goldene Seeanemone geleitet, bei dem Nellas Seepferdchen lebensgefährlich verletzt worden war. Besonders sympathisch war er ihr damals nicht vorgekommen. Der Schulleiter des Felseninternats war eng mit ihm befreundet und hatte ihn Frau Pataria als Schiedsrichter aufgeschwatzt.

Nella war bis heute nicht sicher, ob er bei Herkules' Unfall nicht doch seine Flossen im Spiel gehabt hatte. Und ausgerechnet dieser verdächtige Fisch sollte sie unterrichten!

Eine Handvoll Quallenagenten stand aufgereiht wie die Orgelpfeifen an der Zimmerwand und wagte sich nicht zu rühren. Sie bewachten mit ernsten Gesichtern riesige Gepäckstücke aus kostbaren Austernschalen. Anscheinend hatte der Sägehai vor, eine ganze Weile im Schloss zu bleiben.

„Tut mir leid", antwortete Nella und versuchte, dem Sägehai nicht in die Augen zu schauen. Sein Anblick war einfach zu grässlich. „Ich habe Herkules gefüttert."

Der Sägehai stieß einen verächtlichen Laut aus. „Das ist Dienstbotenarbeit", erwiderte er aufgebracht. „Du musst wirklich eine ganze Menge lernen, bis du *vielleicht* einmal eine Prinzessin wirst."

Dabei zog er das *vielleicht* so in die Länge, dass es sich anhörte, als ob die Buchstaben darin hängen geblieben wären wie auf einer kaputten Schallplatte. *Vie-vie-vie-l-l-l-l-ei-ch-t-t-t-t-t* …

Nella horchte auf.

„Was meinen Sie denn mit *vielleicht?*“, fragte sie hoffnungsvoll. „Könnte es sein, dass ich *vielleicht* gar nicht geeignet bin und ein anderes Mädchen eine sehr viel bessere Prinzessin wäre? *Vielleicht* könnten wir das ja gleich mal ausprobieren. So gerne bin ich nämlich gar nicht eine Königliche Hoheit.“

Der Japanische Sägehai bremste abrupt vor ihr ab. „Dummes Ding“, herrschte er sie an. „Als ob man sich das aussuchen könnte. Als Prinzessin wird man schließlich geboren. Ich habe allerdings nicht die geringste Ahnung, wie ich dich zurechtbiegen soll, damit du nicht dauernd Unheil anrichtest.“

Er warf einen kritischen Blick auf sein Gepäck. „Ich werde mein bescheidenes Lager wohl oder übel ganz in der Nähe dieses frechen Kindes aufschlagen müssen. Solche Kreaturen lässt man besser nicht aus dem Auge“, murmelte er missmutig vor sich hin.

„Wachen! Was glotzt ihr denn so dumm wie eingekochte Schneckenaugen? Auspacken, einräumen. Zack, zack!“

Er klapperte auffordernd mit seinen Flossen und pikste den kleinsten Quallenagenten in seinen runden Po. „Und du Nichtsnutz bringst den Müll hinaus. Zack, zack!“ Er zeigte herrisch auf einen Berg Kleinkram, der sich in einer Ecke hinter der Tür auftürmte.

Nella hatte die Sachen bis jetzt noch gar nicht bemerkt. Nun zuckte sie wie von einem giftigen Skorpion gestochen zusammen. „Aber das ist doch mein Wasserrosenteppich. Den hat Fräulein Weißkäppchen selbst gewebt. Und was ist mit meinen Stabmuscheln passiert? Die tollen langen sind ja fast alle zerbrochen. Die hatte ich extra für Max gesammelt …“, protestierte sie lauthals und baute sich mit ausgebreiteten Armen schützend davor auf.

Der kleine Quallenagent versuchte vergeblich, neben ihrer Schwanzflosse vorbeizukugeln.

Nella versetzte ihm einen abwehrenden Stoß, sodass er wie ein Ball quer durch das Zimmer rollte, dem Sägehai direkt vor die Füße.

„Schluss mit dem Unsinn!“, polterte Joop Japonicus und klapperte drohend mit seinen messerscharfen Zähnen. „Fort mit dem Tand. Zack, zack!“ Er winkte die anderen Quallen herbei.

Aber so schnell ließ sich Nella nicht unterkriegen. Nicht einmal, wenn Joop Japonicus höchstpersönlich zupackte. Das tat er nämlich gerade. Er verbiss sich mit seinem spitzen Maul in dem feinen Gewebe des Wasserrosenteppichs und zerrte diesen hinaus auf den Flur.

„Mein schöner Teppich bleibt hier!“ Todesmutig stürzte sich Nella auf das kostbare Andenken und riss es dem Sägehai aus den Zähnen.

Ein winziges Stück Wasserrosenmuster blieb in seinem Mundwinkel hängen, aber den Rest des Teppichs hatte Nella durch ihren waghalsigen Angriff gerettet. Triumphierend drückte sie Fräulein Weißkäppchens Geschenk an sich. Dabei bemühte sie sich, den Sägehai möglichst böse anzufunkeln und vor allem nicht schon wieder loszuheulen. Obwohl sie das am liebsten getan hätte.

Die Quallenagenten hielten vor Aufregung so lange die Luft an, bis sie beinahe platzten.

Der Sägehai spuckte den Stofffetzen verärgert auf den Fußboden. „Lächerlich, wirklich zu lächerlich. Der hässlichste Teppich, der mir je untergekommen ist“, knarzte er aufgebracht. „Nun ja.

Sollten endlich zu den wichtigen Dingen des Wasserlebens übergehen."

Er befahl den Quallenagenten, einen schweren Vasenschwamm auf Nellas Schreibtisch zu hieven. Vorsichtig entfernte er mit seiner spitzen Nase das dichte Spinnennetz, mit dem er den Vasenhals verschlossen hatte. Schließlich gab er dem Gefäß einen Schubs, sodass es umkippte. Feine Sandkörner rieselten auf die perlmuttfarben schillernde Muscheloberfläche des Tisches. „Na, was ist das, du siebengescheiter Einhornfisch?", fragte er gespannt.

„Sand", antwortete Nella schnippisch. „Was sonst."

Der Sägehai ächzte schwer.

„Sand!" Er lachte auf. „Sand!" Sein Lachen hörte sich an, als ob eine ungeölte Tür langsam auf und zu gemacht würde.

Nella steckte sich gequält die Finger in die Ohren.

Endlich verstummte der Sägefisch.

„Sand", knarzte er. „Das hätte mir die dümmste Miesmuschel geantwortet. Dafür braucht man nicht Prinzessin zu sein. Das ist aber nicht bloß Sand, Hoheit."

Er richtete seinen Fischleib zu voller Größe auf.

Seine Augen starrten Nella aus tiefen Höhlen durchdringend an. „Jedes einzelne Sandkorn ist ein Teil unserer wunderbaren Wasserwelt“, begann er feierlich. „Die Aufgabe der Meerprinzessin ist es, auf ein winziges Sandkorn genauso gut aufzupassen, wie auf das ganze Meer. Denn es ist genauso wichtig. Stimmst du mir zu?“

Nella nickte verdrossen. Aber wo der Sägehai Recht hatte, da hatte er Recht. Der Allerkleinste war genauso wichtig wie der Allergrößte. Das sagte Opa Jost auch immer.

Joop Japonicus lächelte zufrieden und fuhr fort: „Also sollte eine wirklich gute Prinzessin genau darüber Bescheid wissen, wie viele Sandkörner sich in ihrem Meer befinden, oder? Damit sie auch keines vergisst zu beschützen.“

Er grinste heimtückisch. „Dann fang schon mal an zu zählen, Hoheit. Und immer daran denken: Jedes Sandkorn ist gleich bedeutsam. Nicht dass du eines von ihnen vergisst.“

Er schnappte sich ein Wasserspinnennetz mit frischen Krabben und begann gierig, sie zu verspeisen.

Auch wenn sich Nella nichts aus Krabben machte, lief ihr das Wasser im Mund zusammen.

Plötzlich fiel ihr ein, dass sie seit ihrer Abreise aus dem Leuchtturm gar nichts gegessen hatte. Ihr Magen begann fordernd zu knurren. Zu dumm, dass sie ihre Proviantdose im Stall vergessen hatte. Oma Ida hatte ihr doch ein extradickes Stück Apfelkuchen für unterwegs eingepackt.

„Prinzessinnenunterricht macht hungrig", sagte Joop Japonicus, der Nellas Blick auffing, und zermalmte die Krabben genüsslich knirschend mit seinem breiten Gebiss. „Ich werde mir inzwischen eine wohlverdiente Ruhepause gönnen. Du bist ja die nächsten Stunden beschäftigt." Er ruderte gemächlich aus dem Zimmer.

„Wie bitte?", brüllte ihm Nella schockiert hinterher. „Ich soll *Sand* zählen? Das sind doch Millionen Körner! So eine bescheuerte Aufgabe gibt es auf der ganzen Welt nicht. Weder *oben* noch *unten*. Nicht einmal für Prinzessinnen."

Sie schwamm aufgebracht zur Tür. „Der Typ hat doch nicht alle Muscheln in der Kombüse. Keine Sekunde länger lasse ich mir diesen Schneckenleim aufbinden", wetterte sie. „Ich werde jetzt erst einmal meinen Apfelkuchen aufessen."

Aber leider hatte Nella die Rechnung ohne die Quallenagenten gemacht. Sie bewachten den Ausgang mit ihren aufgeblähten Bäuchen wie eine Festung. Und sosehr Nella sie auch schob und schubste und schließlich sogar bedrohte: Die gemeinen Kerle ließen sich einfach nicht erweichen.

11

Tauchgang im Vasenschwamm

„Nein! Nein! Nein! Diese Gemeinheit lasse ich mir einfach nicht gefallen.“ Bestimmt hundertmal hatte Nella diesen Satz vor sich hin gemurmelt, seit ihr neuer Hauslehrer Joop Japonicus einfach davongeschwommen war. Dabei war sie von Minute zu Minute verdrießlicher geworden. „Sandkörner zählen! Das klappt doch niemals.“

Die Quallenagenten lagen übereinandergestapelt vor der Tür wie Oma Idas reife Kürbisse und machten das, was sie ohnehin am besten konnten: schlafen. Vergeblich hatte Nella versucht, sich an ihren glitschigen Körpern vorbeizuquetschen. Sie klebten aneinander fest wie Blutegel.

„Ihr seid einfach zu fett!“, brüllte Nella wütend. „Wacht sofort auf und lasst mich durch! Ich befehle es!“

Sie kam sich vor wie in dem Märchen von Aschenputtel, das Opa Jost ihr früher zum Einschlafen vorgelesen hatte. Nur dass Aschenputtel das Glück hatte, riesige Erbsen zu sortieren. Sandkörner ließen sich weder einzeln anfassen noch zählen. Für eine Fingernagelspitze brauchte Nella eine geschlagene Viertelstunde.

Entmutigt fegte Nella den Vasenschwamm und seinen sandigen Inhalt auf den Fußboden. Und wenn der Sägehai vor Wut platzte: Diese Aufgabe würde sie nicht weiter lösen. Wenn sie es recht überlegte, hatte sie überhaupt keine Lust auf Unterricht bei diesem verrückten Fisch. Es konnte nur schlimmer werden. Dieser Typ war noch unerträglicher als Frau Pataria.

Was stand wohl sonst noch auf dem Stundenplan des gruseligen Sägehais? Vielleicht saß er gerade jetzt mit der Schulleiterin zusammen, und die beiden dachten sich bei einem Becher Wasserrosenwein neue Gemeinheiten aus.

Bei diesem Gedanken bekam Nella eine so gigantische Gänsehaut, dass sie bis in die letzte Flossenschuppe zu frieren begann.

Wenn Opa Josts linkes Ohrläppchen juckte, dann wusste er, dass irgendetwas faul war. Bei Oma Ida grummelte es im Bauch, wenn ihr etwas nicht in den Kram passte.

Bei Nella bedeutete Bauchgrummeln allerdings nur, dass sie Hunger hatte. Allerdings zwickte es im Moment heftig in ihrer Flossenspitze. Und zwar genau dort, wo sich eigentlich ihr rechter großer Zeh befand. Ob das ein ähnliches Zeichen wie Jucken und Grummeln war?

Oma und Opa wüssten jetzt bestimmt Rat. Oder Papa. Aber der war ja bereits auf dem Weg nach Robben Island und hatte bestimmt genug eigenen Ärger. Wem konnte sie vertrauen? Ihre besten Freundinnen waren gerade stinksauer und ihr liebster Vampirtintenfisch zerfloss beinahe vor Ehrfurcht, weil sie eine Prinzessin war.

Natürlich. Wassermann Grünbart!

Nella schlug sich mit der Hand gegen die Stirn. Dass sie nicht gleich darauf gekommen war. Sie musste dringend Kontakt zu ihm aufnehmen.

Bestimmt hatte er noch keinen blassen Schimmer, dass ihr Prinzessinnen-Geheimnis aufgeflogen war.

Frau Pataria hatte ihm sicher keinen Fischboten geschickt. Stattdessen hatte sie sogleich den Sägehai angeheuert, um Nella das Leben im Schloss schwer zu machen. Wahrscheinlich hoffte sie, dass sie freiwillig wieder an Land zurückschwamm. Ein ganz schön schlauer Plan. Deshalb musste auf der Stelle der Wassermann her. Denn der Einzige, der diesen gruseligen Joop Japonicus wieder dorthin schicken konnte, wo der Kugelfisch wohnte, war Aquarius Grünbart, der Bruder des Grauen Königs!

Leider düste der Wassermann mal wieder wie eine unstete Makrele von Korallenwald zu Austernhügel, um zu verhindern, dass der böse Graue König noch mehr Schaden in der Unterwasserwelt anrichtete.

Aber wer aus dem Internat konnte Herrn Grünbart am schnellsten finden?

Nella grübelte mit zerfurchter Stirn über eine Lösung nach.

„Na, ich natürlich! Ich selbst muss ihn suchen!“, rief Nella so laut, dass ein schnarchender Quallenagent so heftig zusammenzuckte, dass er unter Nellas Schreibtisch rollte. Auf diese Weise war eine winzige Lücke zwischen den Quallen entstanden. Nella zögerte keinen Augenblick.

Und bevor die schlafenden Agenten den Zwischenraum mit ihren dicken Bäuchen wieder schließen konnten, hechtete sie wie ein Schwertfisch aus ihrem Gefängnis beherzt in die Freiheit.

Ohne sich umzuschauen, spurtete sie an den Schlafsälen der anderen Meermädchen vorbei zum Ausgang. Dabei hätte sie so gerne einen Blick in Dafnes neues Zimmer riskiert, um herauszufinden, wie es Astro und Hydra ging. Und Olivias samtigen Panzer hatte sie schon eine halbe Ewigkeit nicht mehr gestreichelt. Aber sie durfte nicht noch mehr Zeit verlieren, ihre Flucht konnte jeden Moment entdeckt werden. Gleich würden die Flötenfische zur großen Pause flöten und die Meermädchen hinunter auf den Schlosshof strömen. Nella musste den Seepferdchenstall unbedingt vorher erreichen.

Mit dem ersten Flötendreiklang schoss sie in den halbdunklen Stall. Geschafft! Völlig außer Atem warf sich Nella auf ihr weiches Tangbett. Die faulen Quallen hatten sich nicht mal die Mühe gemacht, es wegzuräumen.

Herkules wieherte freudig zur Begrüßung.

Aber Nella war zu erschöpft, um aufzustehen und ihn zu bürsten, wie er es jetzt von ihr erwartete. Sie kämpfte gegen den heftigen Wunsch an, einfach die Schwanzflosse lang zu strecken und sich ein Büschel Seegras über den Kopf zu ziehen. Denn leider wurden ihre Probleme dadurch nicht gelöst.

Ganz im Gegenteil. Jetzt half nur noch weglaufen und Herrn Grünbart um Hilfe bitten!

„Nicht schlappmachen, Prinzessin Pimpinella!“, sagte sie streng zu sich selbst.

Sie richtete sich seufzend auf und wackelte mit ihrer Flossenspitze, um wieder munter zu werden. Wenn sie nur nicht so hungrig wäre. Ach, Omas Apfelkuchen! Nella fiel ein, dass ihre Frühstücksdose noch in Herkules’ Box liegen musste. Sie robbte zu ihm hinüber und zuckte erschrocken zusammen.

„Na super! Jetzt sprichst du dich also schon selbst mit *Prinzessin* an. Tut es sonst keiner?“

Mari saß auf einem Vasenschwamm, der randvoll mit Wasserrosen war, und mampfte genüsslich

Oma Idas Apfelkuchen. „Schmeckt einfach klasse, viel besser als matschiger Schneckenbrei. Kriegt man diesen Apfelkuchen jeden Tag, wenn man Prinzessin ist? Dann will ich ab sofort auch eine sein."

Sie verschlang den letzten Bissen, ohne zu kauen, und spürte verzückt dem Geschmack nach.

Nella sah sie sprachlos an. Dafür brummte und ächzte ihr Magen wie verrückt.

„Was ist? Hast du Redeverbot oder was?", spottete Mari. „Du hast dich ja echt blöd benommen. Wir sind alle stinksauer auf dich. Paddelst die ganze Zeit mit einem dicken Geheimnis an Bord herum und verlierst keine Schuppe darüber. Und als es dir dann in den Kram passt, plauderst du die Sache aus, kriegst Sonderurlaub und ein tolles eigenes Zimmer und wir anderen haben den Ärger."

Nella schüttelte energisch den Kopf. „Aber das stimmt nicht. Ich hatte selbst keine Ahnung, dass ich eine …"

Mari sprang von dem Vasenschwamm herunter und sagte aufgebracht: „Erzähl mir nichts! Man weiß doch, ob man eine Prinzessin ist oder nicht. Außerdem bist *du* daran schuld, dass meine Schwestern entführt worden sind, sagen Effi und Dafne.

Und Fräulein Weißkäppchen bringt seitdem die Fischsprachen durcheinander, nämlich aus Schock. Dabei war sie immer besonders lieb zu uns. Wie schon gesagt: Wir haben nur Ärger wegen dir, das sagen alle."

Nella spürte ein heftiges Kribbeln in ihrem Kopf. Es fühlte sich ungefähr so an, als würde ein großer Schwarm Putzerfische ihre Gedanken herumwirbeln und neu einräumen. Sie musste sich gerade mit aller Kraft zusammenreißen, um nicht vor Wut loszubrüllen.

„Du bist wirklich dumm, wenn du so was Fieses von mir denkst", sagte sie ruhig und sehr leise. „Aber am dümmsten finde ich, dass du mir nicht einmal zuhörst. Und Dafne und alle anderen auch nicht. Zum allerletzten Mal: Ich will überhaupt keine Prinzessin sein, und gewusst habe ich es nur, weil Herr Grünbart es mir gesagt hat und ausgeplaudert habe ich es erst recht nicht. Aber wenn ich als Prinzessin meine Mama wiederfinden kann und die Wasserwelt vor dem Grauen König retten, dann ist es vielleicht nicht schlecht, eine zu sein. Mehr gibt es nicht zu sagen. Punkt und aus." Sie funkelte Mari kämpferisch an.

„Punkt und aus" sagte Opa Jost nur im äußers-

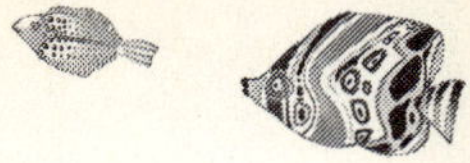

ten Notfall, nämlich dann, wenn er total sauer war und nichts anderes mehr half.

„Na ja. Ist halt alles irgendwie komisch gelaufen“, sagte Mari verunsichert. „Plötzlich lagen die Nachrichtenmuscheln im Hof und da stand es drin.“

Nellas Augen weiteten sich vor Erstaunen. „Was genau stand in den Nachrichtenmuscheln?“

Mari rieb ihre Nase und dachte ausgiebig nach. „Na, verschiedene Sprüche halt. Darüber dass du …“ Sie stockte. „So doofe Sachen eben.“

Nella rüttelte sie gereizt. „Was genau?“, wiederholte sie ungeduldig.

Mari starrte auf den Stallboden. Dann sagte sie leise:

„Pimpinella Seestern ist in Wirklichkeit eine Prinzessin und deshalb geht es euch allen an den Kragen.

Und:

Pimpinella ist eine eingebildete Prinzessin und findet euch in Wirklichkeit alle blöd.

Und:

Pimpinella tut nur nett. Sie ist eine Prinzessin und viel zu fein, um eine echte Freundin zu sein.

Und:

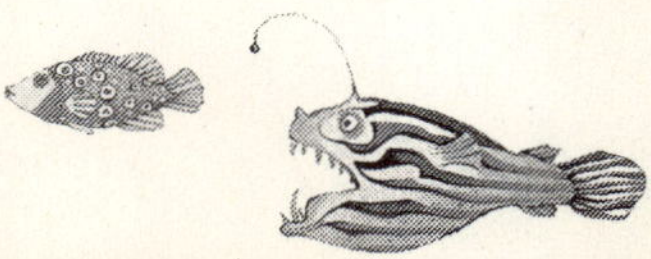

Pimpinella Meerprinzessin lacht sich mit Nick über euch kaputt! Ihr werdet schon sehen."

Nella schüttelte skeptisch den Kopf. „Aber das ist doch totaler Unsinn. Da hat euch jemand gegen mich aufgehetzt, der sauer oder eifersüchtig auf mich ist. Oder darauf, dass wir Freundinnen sind."

Sie dachte nach. „Und wieso wird eigentlich Nick erwähnt? Was hat das Felseninternat damit zu tun, dass ich eine Prinzessin bin?"

Mari zuckte mit den Achseln. „Floris hat es sogar *vor* uns gewusst! Er hat es mir nämlich geschrieben, aber ich sollte es niemandem sagen."

„Floris?", rief Nella alarmiert. „Ausgerechnet Floris?"

Mari sah sie verwirrt an. „Ja, warum denn nicht?"

Nella zögerte einen Augenblick und überlegte, ob sie ein weiteres Geheimnis preisgeben durfte. Aber eigentlich war jetzt eh alles egal.

„Der Einzige, der noch davon wusste, war Nick. Herr Grünbart ist nämlich sein Patenonkel. Nick kriegte es zufällig heraus und musste dem Wassermann versprechen, es niemandem zu erzählen. Er hat bestimmt nicht gequatscht."

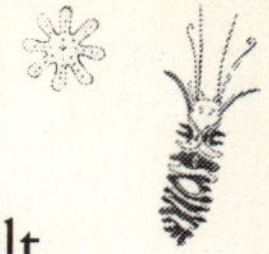

Sie dachte fieberhaft nach. Nick hatte ihr erzählt, dass sich Floris in der letzten Zeit öfter mit Otis, einem der Katzenhai-Jungs traf. Deren Vater, Haimanus Katz, war untergetaucht, nachdem herausgekommen war, dass er mit dem Grauen König gemeinsame Sache machte.

Konnte es sein, dass Floris und Otis zusammen …

Sie mochte diesen schrecklichen Gedanken nicht weiterdenken.

„Worüber grübelst du denn jetzt?“, fragte Mari beunruhigt.

Mari und Floris waren dicke Brieffreunde. Alle im Muschelschloss wussten, dass Mari in Floris verknallt war. Immer wenn der Postfisch Herr Kubus eine Briefmuschel von ihm brachte, verzog sie sich in eine stille Ecke und las den Brief mindestens fünfmal hintereinander durch. Ihre Briefmuschelsammlung war mittlerweile unglaublich groß. Und Floris wurde so dunkelrot wie ein gekochter Hummer, wenn jemand Maris Namen in seiner Gegenwart erwähnte.

„Vermutest du etwa, Floris hat was damit zu tun?“, bohrte Mari weiter. „Eines kann ich dir sagen: Da bist du aber echt schiefgewickelt. Das

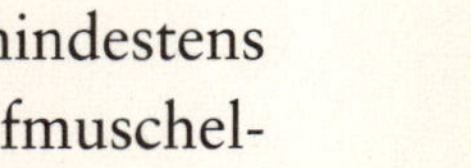

würde er nie und nimmer tun, da lege ich meine Hand für ihn in ein Skorpionnest." Sie bekam vor Aufregung ganz rote Punkte im Gesicht.

Nella schwieg. Sie hatte eigentlich gar keine Lust auszuplaudern, wie es um Floris und seine Verbindung zu den Katzenhai-Jungs stand. Andererseits: Wenn Floris sich den Katzenhai-Jungs anschloss, war auch Mari in Gefahr.

„Na ja, vielleicht wäre es besser, wenn du mit Floris nicht so viel über ...", begann Nella zögernd.

„Fische, umstellt das Gebäude. Alle Tentakel auf Angriff."

Nella duckte sich erschrocken und wickelte ihre Schwanzflosse um ihren Po, um sich kleiner zu machen. „Die Agenten haben mir gerade noch gefehlt." Sie warf Mari einen flehenden Blick zu. „Kannst du mir helfen zu fliehen? Ich muss dringend den Wassermann finden."

Mari nickte. „Versteck dich am besten hier im Vasenschwamm."

Sie kippte die eine Hälfte Wasserrosen auf den Muschelsandboden.

Nella schlüpfte kopfüber in den Schwamm, damit ihre roten Haare nicht hervorleuchteten. Mari verteilte hastig eine Handvoll Wasserrosen über Nella und fläzte sich auf das Tangbett.

„Eins, zwei, drei …

lo-ooo-os!“

Unter ohrenbetäubendem Geheule rollten die Quallenagenten in den Stall.

Triumphierend umzingelten sie Mari und fesselten sie mit ihren Fangarmen.

„Haben wir dich endlich, du alberne Prinzessin!“, brüllte eine besonders vorwitzige Qualle. „Würdest du lieber von einem Prinzen umarmt werden?“ Sie lachte lauthals über ihren eigenen Scherz.

Die anderen Agenten stimmten grölend mit ein.

„Benehmt euch, ihr Hohlköpfe. Auch eine Hoheit ist nur ein Fisch … äh … eine Meerjungfrau … äh … oder so etwas Ähnliches jedenfalls!“, ließ sich die Stimme von Bobo vernehmen. Er kam würdevoll herbeigepaddelt.

„Eure Hoheit, euer persönlicher Leibwächter naht“, säuselte er scheinheilig. „Unsere liebe Prinzessin wollte doch nicht schon wieder durchbrennen, oder? Schließlich sind die Sandkörnlein noch gar nicht alle gezählt, wie der ehrwürdige Professor Japonicus und ich feststellen konnten. Da muss

das Prinzesslein aber noch mal ran, bevor es Abendessen gibt."

Er schubste seine Agentenkollegen rüde beiseite. „Platz da. Die Gefangene – äh Eure Hoheit meine ich – wird nur dem Chef ausgehändigt."

Er blieb wie von einer Riesenseespinne gebissen stehen und schaute in Maris lachendes Gesicht. „Aber das ist sie doch überhaupt nicht!", rief er schockiert.

„So oberschlau kannst auch nur du sein, lieber Bobo." Mari kicherte. „Und natürlich die anderen Blindfische. Du guckst richtig. Ich bin es. Mari. Sucht ihr jemanden Bestimmtes? Meine Freundin, Prinzessin Pimpinella, nehme ich an."

Bobo wurde vor Scham krebsrot. „Du frecher Wasserfloh!", rief er aufgebracht. „Willst du mir Schneckenleim aufbinden? Sofort gibst du meine Prinzessin heraus!"

Mari schüttelte sich vor Lachen. „Guck mal. In meinem Flossentäschchen ist sie nicht." Sie wedelte auffordernd mit ihrer Schwanzflosse.

„Und in meinem Bauch ist nur ein leckeres Stück Kuchen von *oben*." Sie rieb sich genießerisch ihren Bauch. „Den Kuchen hat Nellas Oma gebacken. Ach so, und Nella selbst ist natürlich …"

Bobo sah sie erwartungsvoll an. „Naaaaa?“, schrie er wütend. „Wird’s bald?“

Mari zog einen Schmollmund. „Wenn du so laut sprichst, kann ich mich gar nicht konzentrieren.“ Sie schwieg und presste die Lippen trotzig aufeinander.

„Also, mein kleines, süßes Anemonchen“, säuselte Chefagent Bobo und quetschte sie mit seinem vierten Fangarm. „Wo zum fetten Kugelfisch ist die Prinzessin?“

Mari seufzte tief auf. „Ach, mein liebstes Dickerchen. Wenn ich das wüsste. Schließlich muss ich mich noch dringend bei ihr für den Kuchen bedanken. Aber wenn du sie siehst: Dann sag mir doch bitte Bescheid.“

Der Quallenagent Bobo wurde vor Zorn so weiß wie ein Geisterpfeifenfisch.

„Wir sprechen uns noch, du hinterhältiger kleiner Skorpion“, zischte er und spuckte blutrote Tinte aus allen Tentakeln.

„Hohlköpfe, Tentakel gerade und Abmarsch!“, befahl er. „Das Donnerwetter für eure Dummheiten wird auf morgen verschoben. Ich brauche nach diesem Ärger dringend etwas zu essen.“

Erleichtert kugelten die Quallen aus dem Stall.

Mari schwamm schnell zur Stalltür und lugte hinaus. Die Quallenagenten verschwanden gerade durch das geöffnete Tor des Muschelschlosses. Das Wasser war rein.

„Du kannst wieder rauskommen!“, rief Mari.

„Üch könn nücht räus, dü mösst mör hölfen!“, erklang dunkel und undeutlich Nellas Stimme aus dem schwankenden Vasenschwamm.

Mari bekam erneut einen Lachanfall und kippte die Vase um.

Erleichtert krabbelte Nella heraus. Sie hatte einen hochroten Kopf und schnappte nach Luft.

„Boah“, keuchte sie. „Gut, dass ich eine Prinzessin und kein Flaschengeist bin. In so einer engen Flasche würde ich mich nicht wohlfühlen.“

Sie streckte ausgiebig ihre Schwanzflosse.

„Vielen Dank, Mari. Das war echt lieb von dir. Du bist eine tolle Freundin. Ob du willst oder nicht.“ Nella nahm Mari in den Arm und drückte sie fest. Ihr Bauch begann gerade wieder heftig zu knurren.

„Das hätte doch jeder gemacht. Und außerdem war es total lustig“, sagte Mari verlegen. „Hoffentlich findest du den Herrn Grünbart schnell. Und – es tut mir echt leid, dass ich deinen Kuchen

weggegessen habe. Hoffentlich findest du unterwegs was Leckeres."

Sie sah ein wenig neidisch zu, wie sich Nella auf den Rücken von Herkules schwang.

Herkules wieherte überrascht und machte einen ausgelassenen Satz.

Nella tätschelte beruhigend seinen Rücken. „Ja, mein Alter", sagte sie zärtlich. „Du hast schon richtig verstanden. Wir machen einen kleinen Ausritt." Sie hielt Mari die Hand hin.

„Eine Sache würde mich echt noch interessieren", druckste Mari herum.

„Also, wenn du jetzt Prinzessin bist: Hast du auch eine echte Krone, mit der du so herumpaddeln darfst?"

Nella zuckte mit den Achseln. „Keine Ahnung!", antwortete sie überrascht. „Darüber habe ich noch nicht nachgedacht. Aber zum Reiten würde ich sie sowieso nicht mitnehmen. Da bleibt man ja an jeder Koralle hängen."

Sie gab Herkules einen kleinen Klaps und ritt los.

12

In der Räuberhöhle

Nella genoss es, auf Herkules durch die Wellen zu sausen. Selbst zu reiten, war eben doch schöner, als von einem Walfisch kutschiert zu werden. Herkules war kaum zu bändigen. Schließlich hatte er die ganze Zeit an Land brav an ihrem Armband verbracht.

Dummerweise wurde Nellas Hunger immer

schlimmer. Das einzige Essbare, was sie auf dem Meeresboden fand, waren massenweise Wasserschnecken. Aber mit diesen rohen Dingern konnte man Nella jagen. Schneckengerichte und Fischeier gab es in der Muschelschloss-Küche mehr als genug.

Sie lenkte Herkules auf ein riesiges Feld mit Wasserrosen und sprang von seinem Rücken. Wenigstens ihr Seepferdchen sollte nicht hungern. Aber Herkules hatte sich bereits den ganzen Vormittag mit frischen Knospen den Bauch vollgeschlagen. Er legte sich glücklich in ein Rosenbeet und hielt ein zufriedenes Nickerchen.

Lustlos pflückte Nella eine Blume und kaute darauf herum. „Eine Woche Muschelsortieren bei Frau Süßlippe im Tausch gegen einen Teller Spaghetti mit Tomatensoße, natürlich von Papa gekocht“, sagte sie sehnsüchtig. „Und mit einer Extra-Portion geriebenem Käse obendrauf.“

Sie sah sich die Landschaft genauer an. In ihrem Eifer war sie einfach losgeritten. Das war nicht sehr schlau gewesen. Dummerweise konnte sie sich nämlich nicht erinnern, jemals zuvor hier gewesen zu sein.

„Ich hätte wenigstens warten sollen, bis Herr

Kubus die Post bringt. Er kommt doch so viel in der Welt herum. Vielleicht weiß *er*, wo Herr Grünbart gerade steckt."

Nach ihrer ersten überschwänglichen Freude, wieder unterwegs zu sein, kam die kalte Dusche. Ziemlich unüberlegt, ohne ein Ziel davonzulaufen. Aber der Sägehai hatte ihr solche Angst eingejagt, dass sie keine Stunde länger mit ihm verbringen wollte.

„Hallo, Nella! Wo geht denn die Reise diesmal hin?"

Der Putzerfisch aus dem Walfischbus! Den schickte wirklich der Himmel.

„Hallo, kleiner Lipps!", grüßte Nella froh zurück. „So ein toller Zufall. Und du bist auch schon wieder auf den Schuppen?"

Der Putzerfisch wedelte munter mit seiner Flosse. „Putzeinsatz Alarmstufe rot. Bin auf dem Weg zu einem verschmutzten Korallenwäldchen. Die Dinger machen uns große Sorgen, sind besonders empfindlich."

Nella nickte wissend. „Das sagt mein Papa auch. Er passt auf, dass die Leute *oben* kein Gift ins Meer kippen. Und gerade ist er unterwegs, um Robben zu retten."

Der Putzerfisch klappte sein Maul auf und fing einen Wasserfloh.

„Toller Papa!“, sagte er lobend.

Nellas Magen knurrte laut und fordernd.

„Magst du Wasserflöhe auch so gerne?“, fragte der kleine Lipps erstaunt.

Nella schüttelte heftig den Kopf. „Nein, überhaupt nicht. Aber ich habe den ganzen Tag noch nichts gegessen.“

Der Putzerfisch glotzte erstaunt. „Wie ist das möglich?“, rief er aus. „Ich fresse immerzu. Sogar im Schlaf schwimmen mir die Flöhe zwischen die Kiemen.“

Anstelle von Nella antwortete ihr hungriger Bauch.

„Ach, du heiliger Haifischzahn!“ Der kleine Lipps verzog mitleidig sein Maul. „Auf was hast du denn Appetit? Würden dir gebackene Wasserlilienwurzeln und Anemonenzuckerstangen für den ersten Hunger reichen? Ich will nicht zu viel versprechen, aber ich glaube, ich habe auch noch zwei oder drei kandierte Zylinderrosen entdeckt.“

Nella sah den Putzerfisch verdattert an. „Wovon redest du?“, fragte sie verdutzt.

Der Putzerfisch schwamm aufgeregt im Kreis. „Entschuldige bitte! Immer falle ich mit der Schnecke ins Haus. Hinter dem breiten Felsen, der aussieht wie ein Wal, habe ich eine Höhle mit allerlei Vorräten entdeckt. Schrecklich unordentlich, sage ich dir. Eine Putzerfischkolonne hätte dort bestimmt drei Tage zu tun. Jedenfalls gibt es Berge von altem Braunalgenkuchen und getrocknetem Schildkrötenfleisch. Aber die Wasserlilienwurzeln sind einigermaßen frisch und die Anemonenzuckerstangen schmecken vorzüglich. Ich habe erst vorhin ein bisschen von allem genascht."

Er guckte verlegen. „Ich habe natürlich niemandem etwas weggefressen, ehrlich nicht. Es ist noch genug für alle da."

Nella gluckste in sich hinein. Die Vorstellung, dass der winzige Lipps irgendjemandem etwas wegessen könnte, war wirklich zu lustig.

„Du bist meine Rettung!", rief sie glücklich. „Wem gehören die Speisen denn?"

Der Putzerfisch blubberte ein paar ratlose Blasen. „Keine Ahnung. Ich bin öfter mal hier in der Gegend, aber bis jetzt habe ich nie jemanden in die Höhle hineinschwimmen sehen. Vielleicht kommen die, denen die Vorräte gehören, nur nachts.

Komm, ich bring dich hin." Er schwamm sogleich los.

„Nur nachts? Vielleicht sind es Räuber", überlegte Nella und folgte ihm eilig. „Oder Piratengespenster."

Sie erinnerte sich an die namenlosen Kindergespenster, mit denen sie vor einer Weile übers Meer gesegelt war. Aber wenn sie sich recht erinnerte, brauchten Gespenster gar nicht zu essen.

Die Höhle sah nicht gerade einladend aus. Aus früheren Abenteuern wusste Nella, dass es besser war, vorsichtig zu sein. Wer wusste, welcher feindselige Fisch in der Finsternis lauerte.

Mit klopfendem Herzen paddelte sie hinein.

Für einen Augenblick sah sie gar nichts und blinzelte hilflos in die Dunkelheit.

„Hallo? Lipps?", rief sie ängstlich.

Der kleine Lipps stupste ihr mit seinem Maul aufmunternd gegen die Wange. „Ein Stück weiter wird es heller", blubberte er.

Der Putzerfisch hatte Recht. Als Nella weiterschwamm, kreuzte sie eine Handvoll Laternenfische, die die Höhle erleuchteten.

Vor Erstaunen schrie Nella laut auf. Sie erblickte

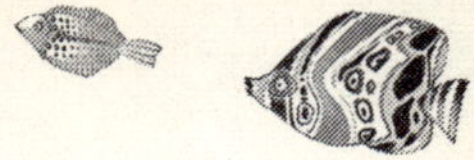

Berge von Nahrungsmitteln, die überall verstreut herumlagen.

„Lass es dir schmecken", sagte der Putzerfisch freundlich, als Nella hungrig in eine Wasserlilienwurzel biss.

„Glaubst du, das ist eine Räuberhöhle?", fragte Nella erneut und sah sich scheu um.

„Keine Ahnung, Hauptsache, wir werden satt", antwortete der Putzerfisch gelassen.

„Ich habe schon überall sauber gemacht, auch bei Räubern. Das waren aber eigentlich immer sehr nette Typen und gar nicht knauserig."

Nella lutschte an der Anemonenzuckerstange und dachte nach: „In der versunkenen Stadt habe ich aber richtig gemeine Räuber kennengelernt. Denen möchte ich nie wieder begegnen. Kennst du Haimanus Katz? Der war früher Sportlehrer im Felseninternat und jetzt macht er gemeinsame Sache mit dem Grauen König und dem Tentakelschluckspecht. Der gehört auch zu diesen finsteren Gesellen."

Der Putzerfisch knabberte ein Eckchen von einer kandierten Zylinderrose ab. „Von der versunkenen Stadt haben mir meine Eltern erzählt. Da bringt mich keine sechsspännige Austernkutsche hin." Er

schüttelte sich. „Und wohin bist du unterwegs?“, fragte er erneut. „Oder machst du nur einen Ausritt ins Grüne?“

Nella schüttelte den Kopf. „Schön wär’s. Ich bin auf dem Weg zu Aquarius Grünbart. Kennst du ihn zufällig?“

Der kleine Lipps nickte eifrig. „Ich habe schon von ihm gehört. Wo wohnt er denn?“

Nella seufzte. „Das weiß ich leider noch nicht. Aber auf alle Fälle muss ich dringend mit ihm sprechen. Ich habe nämlich Ärger im Muschelschloss. Besonders mit einem Typ, der fast genauso unheimlich ist wie der Tentakelschluckspecht.“

Der Putzerfisch glotzte mitfühlend. „Das tut mir aber leid. Ich stehe auf Kriegsfuß mit einem Neunauge. Das würde ich am liebsten in die Antarktis schicken. Leider wohnt es bei uns direkt nebenan und macht uns allen das Leben schwer. Wenn du willst, höre ich mich für dich um. Im Korallenwald sehe ich jede Menge Freunde, die können dir bestimmt weiterhelfen.“

Nella biss in ein duftendes Stück Zylinderrosenkonfekt. „Sind alle Lipps so hilfsbereit?“, fragte sie dankbar und schaute sich gleichzeitig nach den nächsten Köstlichkeiten um, die sie auch noch vertilgen könnte.

Schließlich sprang sie gestärkt auf. „Ich bin pappsatt", sagte sie. „Vielen, vielen Dank. Darf ich dich ein Stück mitnehmen?"

Der Putzerfisch klappte entsetzt sein Maul auf. „Oh nein. Auf gar keinen Fall. Die Seepferdchen sind viel zu schnell für mich. Ich reise lieber gemütlich vor mich hin. Auf diese Weise schwimmen mir die Wasserflöhe direkt ins Maul."

Er begleitete Nella zurück zu Herkules. Das Seepferdchen wartete schon ungeduldig auf Nella. Es schlug mit seinem Schwanz hin und her und schüttelte nervös sein Maul. Nella tätschelte Herkules beruhigend.

„Wir treffen uns im Korallenwald", verabschiedete sich der kleine Lipps.

„Die weißen Felsen immer links liegen lassen und schnurgerade weiter. Dann kannst du ihn gar nicht verfehlen."

Nella winkte fröhlich. „Vielen Dank und bis bald. Und verdirb dir an den vielen Wasserflöhen nicht den Magen!"

13

Ein Hai dreht durch

„Komisch! Das Korallenwäldchen ist aber weit entfernt“, wunderte sich Nella. Sie stoppte abrupt und guckte sich zweifelnd um. „Ich glaube, wir haben uns verpaddelt, Herkules. Die Felsen sind auf einmal alle verschwunden und vom kleinen Lipps ist auch keine Flosse mehr zu sehen. Irgendwie bin ich heute ein richtiger Pechfisch.“

Es war plötzlich totenstill. Kein noch so winziger Wasserfloh tanzte durch das trübe Wasser. Die Wasserlandschaft sah nicht gerade einladend aus. Zu allem Übel wurde es allmählich dunkel. Die Wasserpflanzen und knorrigen Büsche, die vereinzelt herumstanden, waren nicht wirklich der gemütliche Ruheplatz, den sich Nella gewünscht hätte. Auf der ganzen öden Fläche konnte sie keine einzige leere Austernmuschel entdecken. Ziemlich ungewöhnlich eigentlich.

In der Ferne tauchten schwarze Hügel auf. Ihre scharfen Umrisse erinnerten Nella an auf Beute lauernde Krokodile. Zum Glück gab es so tief auf dem Meeresboden keine.

Plötzlich hörte sie einen gellenden Schrei.

„Anhalten, du Dummkopf! Anhalten, habe ich gesagt!“

Im gleichen Augenblick flog ein Ungetüm mit Flosse an ihr vorbei und landete kopfüber in einem verdorrten Wasserkohl. Ein schwarzer, aalglatter Fisch raste davon. Erschrocken erkannte Nella die gezackte Rückenflosse eines Katzenhais.

Die Gestalt befreite sich mühsam aus den Kohlblättern und schimpfte dabei: „So ein ungezogenes Vieh ist mir noch nie untergekommen.“

Nellas Augen wurden kugelrund. „Floris“, rief sie erleichtert, „wo kommst du denn auf einmal her?“

Sie sprang von Herkules’ Rücken und umarmte den Wasserjungen stürmisch.

„Bin ich froh, dass du plötzlich aufgetaucht bist. Ich kriegte gerade echt Angst. Ziemlich unheimlich hier, findest du nicht auch? Was hat dich denn hierherverschlagen und wo ist Puk?“, sprudelte es aus ihr heraus.

Floris guckte verlegen. „Hallo!“, antwortete er. Sonst gar nichts.

Er rieb mit der Handfläche so konzentriert über seine dunkelgrün schillernde Flosse, als ob er in ein Schlammloch gefallen wäre und nicht auf eine vertrocknete Pflanze.

„Trainierst du einen Katzenhai?“, wiederholte Nella ihre Frage. „Wo ist Puk?“

Floris zog seine Stirn in Falten. „Puk gehört mir nicht mehr“, sagte er mit trotziger Stimme. „Dafür habe ich jetzt Karlo. Leider ein ganz besonders dummer Hai. Er will einfach nicht gehorchen und kann sich nicht den kürzesten Weg merken.“ Er schaute sich um. „Na, egal. Anscheinend ist er sowieso über alle Berge.“

Nella hatte ihm mit wachsender Verwunderung zugehört. „Wieso gehört dir Puk nicht mehr?“, fragte sie bestürzt.

Floris zuckte mit den Achseln. „Habe ihn an einen Kleinen verschenkt“, sagte er scheinbar lässig. „Delfine sind nur was für Babys. Katzenhaie sind viel cooler.“ Er lachte bitter. „Außer Karlo. Der nervt mehr als die blöde Muräne, die sich unser Schuldirektor neustens hält. Echt Pech.“ Er sah weg und schwieg.

Auch Nella sagte nichts.

Schließlich sah Floris ihr zum ersten Mal geradeaus in die Augen. „Na, frag schon“, sagte er.

„Was denn?“, entgegnete Nella.

„Was dir schon die ganze Zeit auf der Schuppe brennt.“ Floris machte ein verzweifeltes Gesicht. „Otis hat mir einen eigenen Katzenhai versprochen, wenn ich dich verrate und ein wenig Unfrieden stifte.“ Eine einzelne Träne lief über seine Wange. „Im Nachhinein tut es mir echt leid. Ganz ehrlich. Ich weiß selbst nicht, warum ich so gemein war. Zur Strafe habe ich diesen blöden Karlo am Hals. Jedes Mal wenn mir mein Puk über den Weg schwimmt, fiept er ganz traurig. Und keiner im Internat kann mich mehr leiden. Selbst Nick redet nicht mehr mit mir. Du kannst mich jetzt auch gerne hassen oder mir eine runterhauen." Er hielt ihr seine Wange hin. „Oder von mir aus beides. Ist sowieso schon alles egal."

Nella sagte eine ganze Weile gar nichts, sondern starrte nachdenklich auf die Krokodilhügel in der Ferne.

„Echt blöd, wie du mich in die Muschelpfanne gehauen hast", erwiderte sie schließlich. „Aber ich verkloppe nur Quallenagenten." Sie grinste etwas schief. „Und wie geht es jetzt weiter? Was habt ihr sonst noch vor?"

Floris schüttelte entsetzt den Kopf. „*Wir???* Bei denen mache ich doch nicht mehr mit", sagte er empört. „Haimanus, der Vater von Otis, gibt ihnen streng geheime und total fiese Kommandos. Die Katzenhai-Jungs sind im Moment eh stinksauer auf mich. Deshalb bin ich erst mal abgehauen. Ich will abwarten, bis sich ihre erste Wut gelegt hat."

Nella guckte skeptisch. „Du bist einfach aus dem Internat weggelaufen? Keine so tolle Idee. Professor Patros lässt dich bestimmt schon suchen. Das gibt ein Riesentheater und noch mehr Ärger."

Floris schwieg bedrückt. „Ist mir hinterher auch eingefallen. Aber da war ich schon zu weit weg. Außerdem …“, er druckste herum. „Außerdem hatte ich plötzlich das Gefühl, die Jungs sind hinter mir her. Da bin ich einfach auf Karlo davongeschossen.“ Er grinste. „Genau genommen er mit mir.“

Er sah sich um. „Und jetzt habe ich keinen blassen Muschelschimmer, wo wir hier eigentlich sind. Gut, dass ich dich getroffen habe. Du hast natürlich Recht. Am besten wir reiten so schnell wie möglich zurück ins Felseninternat. Ich wollte schon immer mal auf Herkules durch die Wellen sausen. Karlo ist wohl auf und davon. Ein Glück. So bin ich ihn wenigstens los.“

Ein Augenzwinkern lang machte er so ein fröhliches Gesicht wie früher.

Nella blies die Backen auf und stieß einen hohlen Pfeifton aus.

„Doppelt Pech“, ächzte sie. „Herkules hat sich ebenfalls komplett verlaufen. Im Dunkeln finden wir den Rückweg nie und nimmer. Es bleibt uns also nichts übrig, als uns hier irgendwo einen kuscheligen Schlafplatz zu suchen.“

Sie machte eine einladende Bewegung. „Unter

welchem vertrockneten Busch möchtest du gerne liegen? Oder war der Wasserkohl bequemer?“

„Auf diesem ungeschützten Feld können wir auf keinen Fall übernachten“, sagte Floris fachkundig. „Nachts sind die besonders giftigen Fische unterwegs. Wenigstens das habe ich von den Katzenhai-Jungs gelernt. Die treiben sich ja auch am liebsten im Dunkeln herum. Der Rotfeuerfisch zum Beispiel. Der jagt nur nachts, weil er eigentlich ziemlich schüchtern ist.“

Nella schnappte entsetzt nach Luft. „Diesem Ekel möchte ich auf keinen Fall noch mal begegnen“, sagte sie. „Ein zweites Mal überlebt Herkules seine giftigen Stacheln nicht.“ Nachdem Herkules auf dem Unterwasserturnier von einem Rotfeuerfisch schwer verletzt worden war, machte sie um jeden gefährlichen Fisch einen großen Bogen.

Sie überlegte. „Was ist mit den Krokodilen da vorne? Vielleicht finden wir dort einen Unterschlupf.“

„Krokodile?“, fragte Floris panisch.

Nella grinste. „Natürlich keine echten. Ich meine diese schwarzen Hügel. Wäre doch gelacht, wenn wir dort nicht eine gemütliche Höhle finden würden. Ganz ohne giftige Fische.“

Sie kletterte auf ihr Seepferdchen. „Los, steig auf“, ermunterte sie Floris.

Sie gab Herkules ein Zeichen. „Auf geht’s, mein Süßer!“

Gehorsam trabte Herkules mit seiner zweifachen Last über verwelkte Kohlköpfe und verblühte Wasserdisteln auf den Gipfel eines schwarzen Hügels. Dahinter lag ein tiefes Tal.

Nella starrte schockiert hinunter. Ihr fehlten schlicht die Worte, so schrecklich war der Anblick, der sich ihr bot.

„Hei…liger … F-f-flohsack!“, stammelte Floris. „Hast du so etwas schon mal gesehen?“

Nella spürte ein heftiges Zwicken in ihrer Flossenspitze. „Nee“, antwortete sie und starrte weiter nach unten. „Aber Opa Jost war auf seiner Weltreise auch in der Wüste. Und da hat er einen Elefantenfriedhof gesehen. Das ist wohl so ähnlich.“

Floris schluckte laut. „Doppeltheiliger Flohsack und noch drei dazu“, flüsterte er ehrfürchtig. „Hast du gedacht, dass Wale so viele Knochen haben? Wenn man sie lebendig mit der ganzen Haut drum herum sieht, denkt man gar nicht darüber nach, was übrig bleibt, wenn sie tot sind.“

Nella murmelte ein zustimmendes Ja. Ihr fiel der

große Blauwal ein, der sie zurück in das Muschelschloss gebracht hatte.

Ob er sich irgendwann auch an diesen düsteren Ort zurückziehen würde, um einsam zu sterben? Ein kalter Schauer nach dem anderen jagte über ihren Rücken.

„Das sind bestimmt fünf oder sechs Skelette", sagte Floris. „Aus manchen Knochen könnte man richtige Häuser bauen, so dick sind die."

„Dick wie Baumstämme", ergänzte Nella. „Oma Idas Apfelbaum hat den gleichen Durchmesser wie der Knochen des Wals da in der Mitte."

Sie zeigte auf das beeindruckende Skelett eines Riesenwals.

„Guck, der Knochen daneben ist ja ganz hohl", rief Floris überrascht.

Nella hatte plötzlich eine fantastische Idee. „Eigentlich könnten wir uns dort ein Nachtlager einrichten", schlug sie vor. „Da gibt es bestimmt keine giftigen Fische."

„Du willst im Skelett eines Wals schlafen?", fragte Floris entsetzt.

„Ja, warum denn nicht?", antwortete Nella. „Komm, wir gucken mal genauer." Sie trabte unternehmungslustig los.

„Äh, das ist jetzt nicht dein Ernst, oder?“, rief Floris und klammerte sich an Nella fest, um beim Abstieg nicht herabzurutschen.

„Absoluter Ernst!“, betonte Nella. „Fürchtest du dich etwa?“

Sie erreichten den ersten Wal.

„Quatsch, nicht die Schnecke!“, beeilte sich Floris zu antworten.

Nella betrachtete ehrfürchtig das riesige Skelett. „Von hier unten sieht es noch größer aus“, stellte sie fest. „Guck, was habe ich gesagt: kein giftiges Tier weit und breit. Wollen wir mal nach deinem hohlen Knochen suchen? Hier verliert man echt schnell den Überblick.“

Eine halbe Stunde später hockten Nella und Floris im Inneren des Wals, oder besser gesagt: in seinem aufgerissenen Maul. Aus dem hohlen Knochen waren sie nämlich immer wieder herausgerutscht, so glatt war seine Oberfläche.

„So ein Knochen auf unserem Pausenhof wäre echt super!“ Nella kicherte. „Man rutscht darauf genauso schnell wie auf der neuen Wasserrutsche im Fischerdorf.“

Sie legte sich probeweise auf den Rücken und streckte ihre Schwanzflosse. „Klappt prima“, sagte sie zufrieden. „Ein Muschelbett ohne Matratze ist härter. Schade, dass wir deine Wasserkohlblätter nicht mitgenommen haben. Dann wäre es so richtig gemütlich. Nur diesen spitzen Knochen direkt über mir finde ich etwas gewöhnungsbedürftig. Das hier war bestimmt ein Zahnwal."

Floris guckte skeptisch. „Ich finde dieses ganze Maul ziemlich gewöhnungsbedürftig", kritisierte er ihr Nachtlager. „Was passiert, wenn es mitten in der Nacht zuklappt? Dann zermalmt uns der Wal zwischen seinen Zähnen, obwohl er uns gar nicht mehr verspeisen kann."

Nella schüttelte unwillig den Kopf. „Mal doch keine Riesenseespinne an die Wand! Außerdem sind wir gar nicht das richtige Futter für einen Wal. Und der hier war sowieso Vegetarier, wenn ich mir seine Zähne genau anschaue. Am besten, du machst die Augen zu und schläfst, dann denkst du nicht mehr daran."

Sie linste über die Gebisskante des Wals zu Herkules hinunter.

Das Seepferdchen lag friedlich träumend auf freiem Feld.

„Schade, dass Herkules nicht mit reinkommen wollte", sagte sie bedauernd. „Aber er hat immer so schnell Platzangst. Und zu dritt wäre es dann doch ein bisschen eng geworden." Sie seufzte behaglich und schlief auf der Stelle ein.

Mitten in der Nacht wurde Nella von einem Zischen aufgeweckt.

Es war Floris, der ihr aufgeregt etwas ins Ohr wisperte.

„Was ist los?", murmelte sie schlaftrunken. „Müssen wir schon aufstehen?"

„Zzzsshhs…bschh…ssssss!", tuschelte der Wasserjunge weiter.

Nella richtete sich auf. „Hä?", sagte sie.

„Ich kann nicht lauter sprechen, da ist jemand", raunte Floris verzweifelt.

„Sprich bitte deutlich, ich verstehe keine Silbe. Du nuschelst ja schlimmer als ein Igelfisch!" Ihre Sätze verbreiteten sich in der Totenstille wie ein Echo.

„Schlimmer als ein … Igelfisch…igelfi…igel… iiiii", hallte es zurück.

„Gemein!", röhrte eine heisere Stimme daraufhin. „Schoooo…gemein…mein…eieiei!"

„Wer war das?", fragten Nella und Floris gleichzeitig.

„Ich!“ Ein kugelrunder Igelfisch kullerte in das Maulinnere, gefolgt von einem Trompetenfisch.

„Ham dü Herrschaften noschn Plätzschen für schwei Wanderer frei?“, nuschelte der Igelfisch und verbeugte sich höflich.

„Na klar.“ Nella grinste gutmütig. „Immer herein in die warme Stube.“ Sie rückte zur Seite, damit der Igelfisch sie nicht versehentlich an der Schwanzflosse pikste.

Der Trompetenfisch schürzte freundlich die Lippen, machte aber keinen einzigen Blubber. Allerdings verbeugte er sich ebenfalls artig vor Nella und Floris.

„Mein Kumpel üsch eher von der schüschternen Schorte Füsch“, erklärte der Igelfisch eilig. „Er hat Angscht, dasch man ühn nüscht vörstöht und döschhalb oslacht.“

Der Trompetenfisch nickte verlegen. „Ich danke Ihnen für die Unterkunft“, sagt er steif und seine Schuppen färbten sich vor Verlegenheit rot.

Nella staunte. Seine Aussprache war so zart und klar wie ein Flöten-Dreiklang. „Nichts zu danken“, sagte sie in fehlerfreiem Trompetisch.

Der Igelfisch drehte sich zweimal um die eigene Achse, bevor er tief und fest einschlief. Der Trom-

petenfisch drückte sich ängstlich an ihn. Sekunden später begann er laut und sägend zu schnarchen.

Nella und Floris sahen sich verdattert an. „Diese Töne hätte ich dem Kleinen gar nicht zugetraut.“ Nella kicherte. Sie legte sich wieder hin und versuchte, dem Igelfisch nicht zu nahe zu kommen, bevor sie in einen tiefen Traum fiel.

Nella sauste auf dem Rücken des Blauwals durch einen dichten Korallenwald. Sie lag flach auf seiner rauen Haut, um bei der hohen Geschwindigkeit nicht den Halt zu verlieren. Die Korallen streckten ihre Zweige wie Fühler nach ihr aus. Nella wusste, dass ihre gefährlichen Saugnäpfe sie auf keinen Fall berühren durften, und presste sich noch enger an den Wal. Sie spürte ihre Verfolger näher kommen, obwohl diese beinahe lautlos durch das Wasser glitten. Aber sie hatte keine Angst. Schließlich trug sie der Wal sicher zu Oma und Opa nach Hause. Plötzlich stieß der Wal einen hohlen Klageton aus. Sein Leib bäumte sich auf, sodass Nella abgeworfen wurde und unsanft auf dem Meeresboden landete. Er war übersät mit weißen Knochen. Nella schrie vor Angst laut auf. Im selben Augenblick zerfiel der Wal zu Sand. Fast gleichzeitig griffen die Ko-

rallen mit ihren Saugnäpfen nach ihr und rissen sie mit sich.

„Nein!“ Nella boxte wild um sich.

Kampflos würde sie sich den Korallen nicht ausliefern, so viel stand fest.

Sie schlug kräftig zu und traf mit ihrer geballten Faust etwas Weiches.

„Autsch!“, sagte eine vertraute Stimme. „Spinnst du oder was?“

Verwirrt öffnete Nella die Augen. Floris kauerte neben ihr und sah sie besorgt an. „Schlecht geträumt, oder?“, fragte er mitfühlend. „Das kenne ich gut.“

Nella nickte und rieb sich die Augen. Ihr war noch ganz schwindlig vor Angst. „Der Wal“, sagte sie weinerlich. „Erst hat er ganz schrecklich geschrien und dann ist einfach Sand aus ihm geworden.“ Sie guckte ängstlich ins Freie. „Millionen Sandkörner.“

Floris nahm ihre Hand und streichelte sie beruhigend. „Das warst du selbst“, sagte er. „Die zwei Wanderfische sind jedenfalls Hals über Kopf geflohen, als du losgelegt hast. Bestimmt dachten sie, das seien die Seelen der verstorbenen Wale höchstpersönlich.“

Nella kicherte. „Wusste gar nicht, dass ich wie ein echter Wal röhren kann. Na, wenigstens darf ich meine Flosse jetzt wieder gefahrlos ausstrecken, ohne dass mich der Igelfisch in die Schuppen pikst.“

Es war totenstill im Tal und vor allem immer noch stockdunkel.

„Bis es dämmert, dauert es noch mindestens zwei Stunden“, sagte Floris. „Lass uns weiterschlafen. Wir haben einen weiten Weg vor uns.“ Er legte seinen Arm schützend um Nella.

Sie zitterte immer noch bis in die Schwanzflosse.

Da – plötzlich hörten sie es beide. Und es war leider alles andere als ein böser Traum: Der traurige Klageton, der durch das Tal klang, fuhr Nella und Floris durch Mark und Bein und ließ ihnen das Blut in den Adern gefrieren.

14

Eine heulende Horde

Nella und Floris klammerten sich furchtsam aneinander.

„Hast du schon mal so etwas Grauenhaftes gehört?“, flüsterte Floris.

„In meinem Traum!“, flüsterte Nella zitternd zurück. „Vielleicht war das doch keiner. Was glaubst du? Sind das Walgeister, die so jammern?“

Floris antwortete nicht, denn das Heulen wurde gerade so unerträglich, dass er sich die Finger in die Ohren stopfte.

„Huuuuuuuuuh! Huuuuuuuuuh! Huuuuuuuuuuuh!“

Plötzlich erinnerte sich Nella an Herkules. Das arme Seepferdchen schlief ja ganz ungeschützt auf dem Knochenfeld. Bestimmt fürchtete er sich so alleine. Mutig beugte sie sich aus dem Walmaul und versuchte, Herkules im Dunkeln auszumachen. „Herkules!“, rief sie halblaut. Sie machte mit der Zunge ein schnalzendes Geräusch, um ihn anzulocken.

Aber außer einem großen Haufen weißer Knochen konnte sie nichts erkennen. Anscheinend war er nicht mehr da.

„Herkules! Herkules ist verschwunden.“

Sie sprang auf und stieß sich den Kopf an dem spitzen Knochen.

„Autsch!“ Der Knochen bohrte sich schmerzhaft in ihre Kopfhaut.

„Pscht!“, zischte Floris ungehalten. „Du lockst die Geister mit deinem Geschrei ja geradezu an.“ Er zog sie zurück.

Nella befreite sich ungeduldig aus seinem Griff

und begann, das Skelett hinunterzuklettern. „Ich muss Herkules suchen. Vielleicht hat er sich irgendwo verkrochen. Hoffentlich hat er sich nicht wehgetan. Diese Knochen sind messerscharf."

Sie tastete sich mit den Händen voran und versuchte gleichzeitig, ihre empfindliche Schwanzflosse vor den scharfen Kanten zu schützen.

„Herkules, mein Süßer! Wo bist du?"

Plötzlich hörte sie ein flirrendes Geräusch dicht über ihrem Kopf.

Im gleichen Moment brüllte Floris aus voller Kehle: „Nella! Aufpassen! Komm schnell zurück!"

Nella schaute alarmiert nach oben.

Eine Horde Katzenhaie kreiste direkt über ihr. Für einen Augenblick musste Nella bei ihrem Anblick an Hexenbesen denken. Nur dass auf ihren Rücken keine Hexen saßen, sondern die Katzenhai-Jungs.

„Huuuuuuuuh! Huuuuuuuuh! Huuuuuuuuuuh!" Auf ein Handzeichen von Otis heulten sie los. Es klang schaurig.

Nella fiel es wie Schuppen von den Augen.

Also die Katzenhai-Jungs hatten sie mit ihrem Gejammer in Angst und Schrecken versetzt. Wie gemein!

„Angriff!“, brüllte Otis.

Die Katzenhai-Jungs richteten ihre Reittiere wie Schwerter auf Nella.

„Feiglinge! Ihr miesen Feiglinge! Lasst Nella in Ruhe und verschwindet. Sonst … sonst … passiert was ganz Schlimmes!“

Floris kletterte hastig aus dem Knochenmaul und schwamm Nella zu Hilfe.

Otis brach in ein dröhnendes Gelächter aus. „Ahhh! Der Flossenschisser ist auch da. Selber Feigling, elender. Das Baby rutscht mit seiner Flosse sogar vom Rücken eines Hais. Verzieh dich und geh nach Hause Muscheln spielen. Das hier ist Wassermänner-Sache.“

Wie auf Kommando begannen die Haie furchterregend mit ihren Mäulern zu klappern und trieben Floris mit ihren scharfen Flossen in die Enge. Schließlich stolperte er über einen Knochen und blieb hilflos auf dem Sandboden liegen.

„Ein echter Held, der liebe Floris!“, höhnte Otis. „Prinzessinnen-Retten müssen wir demnächst noch zusammen üben.“

Er wendete seinen Katzenhai und ritt auf Nella zu. „Und du, Prinzessin Pimpinella, machst einen kleinen Ausritt mit mir. Es gibt jemanden, der brennt darauf, dich endlich kennenzulernen. Bitte aufsteigen!“

Er schnappte die zappelnde Nella und zog sie auf den Hairücken. Johlend schoss er mit seiner Beute davon.

15

Haimanus Katz bleckt die Zähne

Der Ritt auf dem Katzenhairücken kam Nella wie ein schlimmer Albtraum vor. Otis schoss mit so hoher Geschwindigkeit durch die Wellen, dass es viel zu gefährlich gewesen wäre abzuspringen.

Angstvoll schloss Nella die Augen und überlegte fieberhaft, wie sie es trotzdem schaffen konnte zu entkommen.

„Herzlich willkommen, Prinzessin!“, drang eine höhnische Stimme an ihr Ohr.

Nella riss verwirrt die Augen auf. An diesen Tonfall erinnerte sie sich nur zu gut. Vor ihr stand Haimanus Katz, der verschwundene Sportlehrer des Felseninternats und Otis' Vater. Er wurde dringend verdächtigt, gemeinsame Sache mit dem Grauen König zu machen.

Gleichzeitig erkannte sie die Vorratshöhle wieder, die der kleine Herr Lipps entdeckt hatte. Haimanus Katz hielt ein Stück Braunalgenkuchen in der Hand und biss mit seinen furchterregenden Zähnen herzhaft davon ab.

Nella schauderte. Sie konnte Braunalgenkuchen nicht ausstehen.

Ängstlich suchte ihr Blick die dunkle Höhle nach weiteren Überraschungen ab.

„Ja, schau dich genau um“, fuhr Haimanus Katz fort. „Dieser unwirtliche Ort ist mein Zuhause. Das habe ich dir zu verdanken. Seit du in unserer friedlichen Wasserwelt aufgetaucht bist, ist die Ordnung komplett durcheinandergeraten. Wassermänner spielen sich als selbst ernannte Retter von niederen Kreaturen auf und stiften selbst bei den dümmlichen Putzerfischen Unfrieden. Meine armen Söhne müssen ohne ihren lieben Vater auskommen. Welche Schande!“

Er kam auf sie zu und sah sie aus dunklen Augenschlitzen böse an.

„Der Graue König ist darüber sehr ungehalten. Höchste Zeit, dass du deine Lektion bekommst.“ Er packte plötzlich mit beiden Händen zu und warf sie wie ein Bündel über seinen Rücken.

„Öffne den Käfig, Sohn! Aber Vorsicht!“, befahl er Otis, der stumm auf seinem Katzenhai sitzen geblieben war und seinem Vater ehrfürchtig zugehört hatte.

Erst jetzt entdeckte Nella in einer Nische einen groben, aus braunem Tang geflochtenen Käfig. Ein großes kugelförmiges Etwas kauerte regungslos darin.

Als Otis den ersten Knoten des Stricks löste, der den Käfig verschloss, bewegte sich das Ding. Pelzige Beine öffneten sich wie der Kelch einer fleischfressenden Pflanze.

Nella erschrak bis in die Schwanzflosse. Sie kannte dieses gefährliche Tier. Es war eine Atlantische Riesenseespinne. Sie wohnte normalerweise sehr weit weg in einer Untiefe. Vermutlich war sie eine ergebene Untertanin des Grauen Königs.

„Darf ich vorstellen“, frotzelte Haimanus Katz. „Deine neue Gesellschafterin.“

Er grinste boshaft. „Gefängniswärterin ist wohl nicht das passende Wort für zartbesaitete Prinzessinnen. Sie wird dir die Zeit vertreiben, bis der Graue König dich empfängt. Ich rate dir aber, verhalte dich ruhig. Die Dame ist recht unberechenbar und im Augenblick höchst gereizt, weil ich ihr nicht genug zu fressen gebe. Aber der selbst gebackene Braunalgenkuchen des Tentakelschluckspechts ist wirklich zu lecker.“

Er steckte einen winzigen Bissen davon durch das Gitter.

Gierig verschlang die Spinne den Happen.

Nun öffnete Otis den Käfig vorsichtig eine Handbreit. Ein Bein reckte sich tastend durch den Spalt.

Nella versuchte verzweifelt, sich durch einen wütenden Flossenschlag zu befreien, doch Haimanus Katz hielt sie eisern fest und schob sie unsanft in die haarigen Beine der Riesenseespinne.

„Viel Spaß, Prinzessin Pimpinella!“, rief er höhnisch. „Du wirst ab jetzt sehr viel Zeit haben, dir zu wünschen, dass du niemals deine Flosse in das Muschelschloss gesetzt hättest.“

Nellas Herz klopfte ihr bis zum Hals. Die Seespinne umklammerte sie augenblicklich wie ein Stück sichere Beute und drückte ihr die Luft ab.

„Loslassen!“, schrie Nella verzweifelt. „Hilfe! Ich ersticke.“

Sie zappelte heftig mit ihrer Schwanzflosse.

Wie durch eine Nebelwand hörte sie Otis belustigt lachen.

Dann wurde sie ohnmächtig.

16

Eine behaarte Bekannte

Nella erwachte davon, dass ihre Nase wie verrückt juckte. „Ha-ha-ha-tschiiiii!“ Sie nieste ungestüm und tastete schläfrig nach dem Gegenstand, der sie im Gesicht kitzelte. Er fühlte sich weich und pelzig zugleich an.

Im gleichen Augenblick wusste sie wieder, was geschehen war.

Ihr wurde vor Angst eiskalt.

Die Atlantische Riesenseespinne hielt sie mit ihren haarigen Beinen behutsam umschlungen. Sie brummte leise vor sich hin und sah Nella aus ihren gelben Augen zärtlich an.

Der Blick der Spinne erinnerte Nella plötzlich an etwas.

Erinnerte sie an *jemanden*, den sie kannte. Konnte das wirklich möglich sein?

Vor Aufregung fing Nella heftig an zu zittern.

Die Riesenseespinne verstärkte ihre Umklammerung und fiepte klagend, als ob sie sich Sorgen machen würde.

„Maja? Bist du das?“, krächzte Nella mit trockenem Mund.

Lauthals fiepend begann die Atlantische Riesenseespinne namens Maja im Käfig zu randalieren. Niemand außer Nella wäre darauf gekommen, dass es in Wirklichkeit ein Freudentanz war.

„Ich höre schon, ihr versteht euch prima!“, rief Haimanus Katz aus den Tiefen der Höhle. „Dann kann ich ja meinem Freund Tentakelschluckspecht kurz die frohe Nachricht deiner Gefangennahme überbringen.“ Er schwamm kichernd los.

Die Atlantische Riesenseespinne legte liebevoll

ihre haarigen Beine um Nella. Sie war für kurze Zeit in Gefangenschaft von Frau Pataria gewesen. Damals hatte Maja die Schulleiterin und Herrn Professor Patros auf das Dach des Felseninternats entführt.

Nur weil Nella so mutig eingegriffen hatte, war die Sache gut ausgegangen. Nella hatte Maja geholfen, zu ihrer Mama in die Untiefe zurückzukehren.

Seitdem war einige Zeit vergangen und Maja sah nicht weniger furchterregend aus als damals.

Im Gegenteil.

„Maja“, wisperte Nella. „Bist du aber gewachsen.“ Sie versuchte, ihre Angst zu verbergen und drückte das Bein der Riesenseespinne wie die Hand einer alten Freundin. Maja begann wieder so wohlig zu brummen wie eine Hauskatze.

„Hast du eine Idee, wie wir hier wieder rauskommen?“, fragte Nella leise. „Der gemeine Katz will mich zum Grauen König bringen. Das muss ich unbedingt verhindern.“

Gleichzeitig fiel ihr ein, dass Maja anscheinend selbst in die Falle geraten war.

„Du blubberst ja richtig auf das Biest ein“, sagte Otis plötzlich. „Glaubst du, das nützt dir was?“

Er guckte neugierig in den Käfig hinein. In der Hand hielt er einen großen Braunalgenkuchen, den er nun durch das Gitter quetschte.

„Hier, Nervennahrung für deine neue Freundin“, sagte er und imitierte dabei den gehässigen Tonfall seines Vaters. „Damit sie dich nicht zu früh auffrisst.“

Maja stieß einen hohen Ton aus, der Nella durch Mark und Schuppe ging.

Sie schnappte sich ungeduldig den Braunalgenkuchen und schob ihn in ihr Maul. Ihre Pupillen glühten rotgelb auf vor Genuss.

Selbst Otis erschrak bei diesem Anblick und verzog sich eilig.

Plötzlich steckte Maja eines ihrer vorderen Beine ins Maul und holte einen Batzen Braunalgenkuchen heraus. Sie formte ihn zu einer matschigen Kugel und stopfte sie Nella fürsorglich in den Mund.

„Ihhhhhh!“ Nella spuckte den schleimigen Bissen in hohem Bogen wieder aus.

„Danke, liebe Maja!“, ächzte sie. „Aber ich bin wirklich total satt.“

Sie wischte sich angeekelt den Mund sauber. Braunalgenkuchen war auch ohne Spinnenspucke eine Qual für sie.

„Und wer hat dafür gesorgt, dass du satt bist? Na?“

Der kleine Herr Lipps streckte ihr munter sein spitzes Maul entgegen.

„Könnte es sein, dass du häufiger in Schwierigkeiten gerätst?“, fragte er.

Maja knurrte freudig und näherte sich mit einem ihrer Beine.

Offensichtlich hielt sie den Putzerfisch für den idealen Nachtisch.

„Nein, Maja!“, stoppte Nella die Riesenseespinne streng. „Das ist ein sehr guter Freund von uns.“

Erstaunlicherweise hatte der kleine Lipps gar keine Angst vor Maja. Vielmehr sah er sie sehr interessiert an. „Die Dame ist ja voller Krümel“, sagte er. „Sie bräuchte dringend mal eine Fellreinigung. In unserer Kolonne haben sich einige Putzer für das Säubern von Spinnenpelz weiterbilden lassen. Darin finden sich oft richtige Spezialitäten.“

Nella schüttelte es bei diesem Gedanken. „Kannst du Hilfe holen?“, fragte sie. „Katz will mich zum Grauen König verschleppen. Der Tentakelschluckspecht ist auch im Spiel. Wir dürfen keine Zeit verlieren.“

Der Putzerfisch knabberte konzentriert an einer Muschelschale und nahm dabei den Käfig in Augenschein. „Das müssten wir alleine hinkriegen“, entschied er schließlich. „Auch wenn diese geflochtenen Pflanzen nicht unbedingt unser Lieblingsessen sind. Sie schmecken einfach nach gar nichts und liegen einem trotzdem stundenlang im Magen.“

Nella sah ihn verständnislos an. „Ich verstehe gerade nur Schneckensuppe!“, sagte sie.

Der kleine Lipps schürzte spitzbübisch seine Lippen. „Meine Leute und ich werden die Stäbe deines Käfigs ein ganz klein wenig abnagen, sodass du durch das Gitter flüchten kannst. Auch wenn es sich nicht gerade um ein Festessen handelt, tun wir das natürlich sehr gerne. Warte einfach ab und tu so, als würdest du nicht Außergewöhnliches bemerken.“

Er schwamm eilig davon.

„Hast du gehört, Maja?“, flüsterte Nella aufgeregt. „Der liebe Lipps will uns befreien. Also benimm dich ordentlich.“

Maja brummte friedlich und nickte dazu mit ihrem unheimlichen Kopf.

Einen Augenblick später strömte ein riesiger Schwarm Putzerfische in die Höhle und begann geschäftig sauber zu machen. Während die einen sich hungrig über die Braunalgenkuchen hermachten, umringten der kleine Lipps und ein Dutzend weiterer Fische den Käfig und nahmen sich die Gitterstäbe vor.

Maja fiepte begehrlich vor sich hin und die Putzerfische schreckten ängstlich zurück.

„Was hast du mir versprochen, Maja?“, sagte Nella streng.

Schuldbewusst rollte sich Maja zu einer Kugel zusammen.

„He, was geht denn hier vor?“, rief Otis überrascht. „Verschwindet sofort von hier!“ Er versuchte, die Putzerfische mit seiner Flosse zu verjagen. Aber die stellten sich dumm und machten einfach weiter.

Otis versuchte es mit einem holprigen Fischsprachen-Kauderwelsch.

Leider war er in der Schule nicht gerade der Schlauste und das Vokabellernen war ihm ein Gräuel.

Der kleine Lipps kicherte schadenfroh. „Blubbert der vielleicht einen Blödsinn!“

Er knabberte unverdrossen weiter an dem Käfig herum.

Einige Putzerfische näherten sich Otis und begannen, an seinem Hals zu nagen.

Wütend schlug er nach ihnen, aber die Fische ließen nicht locker. Schließlich flüchtete er schimpfend aus der Höhle ins Freie.

„Otis scheint sich schon länger nicht gewaschen zu haben." Nella lachte. „Geschieht ihm recht."

Es dauerte nicht einmal eine halbe Stunde, da brachen die ersten Stäbe wie mürbe Seegrashalme in der Mitte auseinander.

Ohne zu zögern, schlüpfte Nella durch das kaputte Gitter aus ihrem Gefängnis.

„Noch zwei Stäbe!", befahl sie. „Das Loch ist zu klein für Maja."

Der kleine Lipps, der sich zur Belohnung eine saftige Wasserlilienwurzel gönnte, hielt entsetzt inne. „Ich glaube nicht, dass das eine so gute Idee wäre", sagte er. „Sie scheint einen außergewöhnlich guten Appetit zu haben."

Nella schüttelte den Kopf. „Ich kann Maja nicht im Stich lassen. Sie ist sehr sensibel, auch wenn man das auf den ersten Blick nicht glaubt."

Sie lockerte entschlossen den Seemannsknoten, mit dem Haimanus Katz den Käfig verschlossen hatte, und war überrascht, dass er sich von außen ganz einfach öffnen ließ.

„Sei mir nicht böse, Nella!“, sagte der Putzerfisch. „Wir schwimmen dann schon mal nach draußen. Den Rest musst du alleine schaffen.“

Nella streichelte ihm vorsichtig über die Schuppen. „Muscheligen Dank!“, sagte sie gerührt.

„Kolonne, sammeln!“, ordnete der kleine Lipps an.

Die Putzerfische scharrten sich gehorsam um ihn.

„Abzug!“, gab der kleine Lipps nun das Kommando.

Sie schwärmten aus der Höhle.

„Jetzt aber nichts wie weg hier, Maja!“, rief Nella. „Otis und Haimanus Katz können jeden Augenblick zurückkommen.“

Aber Maja hatte soeben die aufgehäuften Braunalgenkuchen und die Wasserlilienwurzeln entdeckt. Mit einem hungrigen Aufschrei stürzte sie sich auf die Köstlichkeiten und begann wahllos zu fressen. Dabei wühlte sie sich mit allen Beinen gleichzeitig durch die angesammelten Vorräte von Haimanus Katz. Schließlich blieb ihr Kopf in einem Vasenschwamm mit Anemonensirup stecken. Wütend zerfetzte Maja das Gefäß. Die Haare auf ihren Beinen klebten wie Schneckenleim aneinander.

„Jetzt weiß ich, was der kleine Lipps mit Fellpflege meinte." Nella seufzte. „Hat dir deine Mama gar keine Tischmanieren beigebracht?"

Sie ergriff das nächstbeste Bein der Seespinne und zerrte sie energisch von den Leckereien weg. „Wir müssen los!", wiederholte sie.

Bedauernd brummend ließ sich die Atlantische Riesenseespinne zum Höhlenausgang mitschleifen.

„Du fühlst dich echt eklig an!", schimpfte Nella. „Wenn wir heil davonkommen, musst du als Allererstes ein Vollbad nehmen."

17

Einer Seespinne platzt der Faden

Gerade als Nella mit der klebrigen Maja im Schlepptau aus der Höhle stürmte, tauchten Haimanus Katz und der Tentakelschluckspecht auf.

Haimanus stieß einen furchterregenden Schrei aus, als er Nella entdeckte, und paddelte eilig heran, während der Tentakelschluckspecht aufgebracht mit einem Schwertfischdolch herumfuchtelte.

Im gleichen Augenblick schoss Otis auf seinem Katzenhai herbei und griff nach Nella.

Doch dieses Mal hatte er die Rechnung ohne die Atlantische Riesenseespinne gemacht. Sie ließ ein wütendes Knurren hören, das jedem Weißen Hai Ehre gemacht hätte.

Otis' Katzenhai bäumte sich vor Schreck hoch auf und ließ seinen Reiter auf die Rückenflosse eines vorbeischwimmenden Igelfisches fallen. Es war zufällig derselbe Fisch, der auf dem Walfriedhof übernachtet hatte. Empört suchte er das Weite.

Maja schnappte Nella mit ihren Beinen an der Schwanzflosse und warf sie auf ihren haarigen Rücken. Dabei richtete sie sich zu voller Größe auf.

„Nei-ei-ei-ei-n! Loslassen!" Floris galoppierte auf Herkules herbei, als ob es um Leben und Tod ginge. Er hielt einen scharfen Walknochen wie eine Lanze in der Hand und ritt, bis zum Äußersten entschlossen, auf die Seespinne zu.

„Meine Freundin kriegst du nicht, du fieses Biest!", brüllte er wütend.

Maja fiepte überrascht, als das Seepferdchen auf sie zutrabte, und hob abwehrend ihre Beine.

„Halt!", brüllte Nella. „Floris, das ist doch nur Maja!"

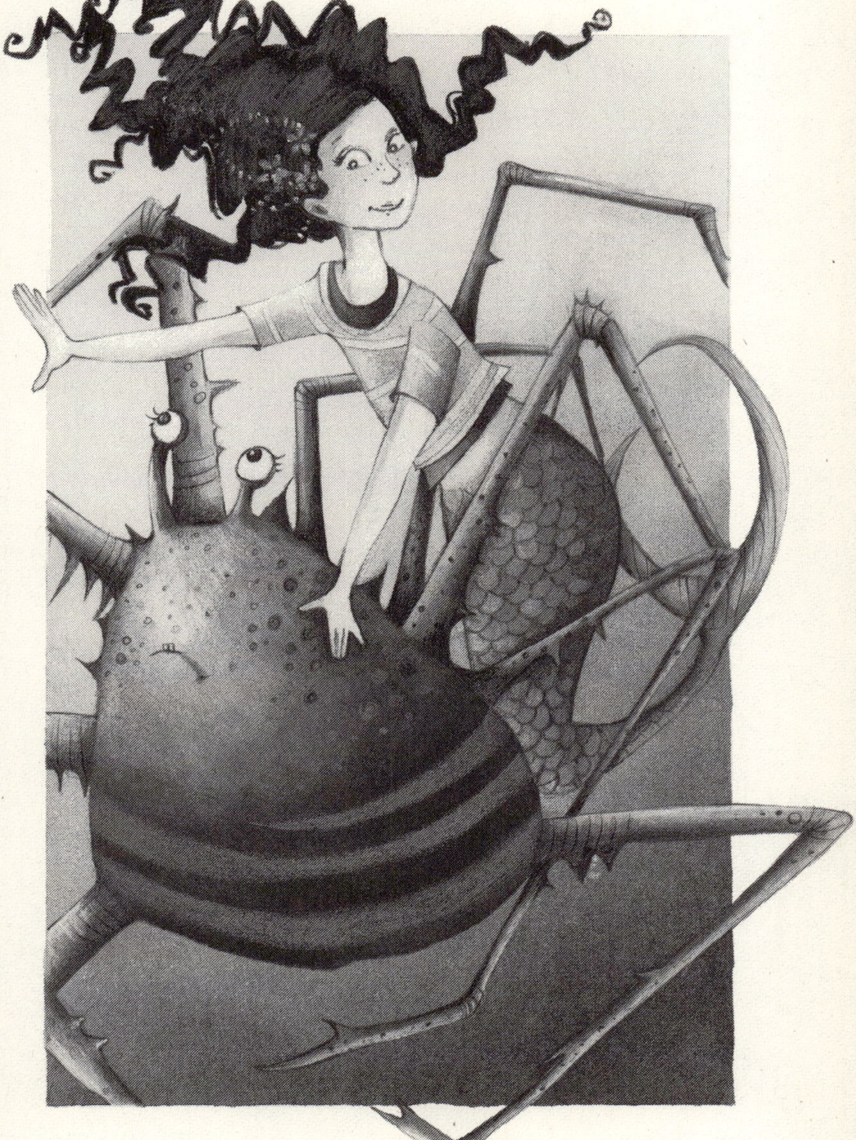

Im letzten Moment gelang es Floris, Herkules zu stoppen. Er flog in hohem Bogen von seinem Rücken in den Sand, während Herkules panisch davonraste.

„Hab dich!", triumphierte der Tentakelschluckspecht und hielt Floris seinen Dolch an die Flosse.

Auch Otis hatte sich inzwischen aufgerappelt und entfernte schimpfend zwei Stacheln aus seinen Schuppen. Dann schnappte er sich hämisch grinsend die Knochenlanze, die Floris im Flug fallen gelassen hatte, und stürzte sich ebenfalls auf den Wasserjungen.

„Ihr Feiglinge!", schrie Nella aus Leibeskräften. „Ihr miesen Feiglinge!"

Maja stürzte auf langen Beinen herbei und versetzte dem Tentakelschluckspecht einen gewaltigen Stoß, sodass diesmal er höchst unsanft auf dem Igelfisch landete.

Dann packte Maja Otis mit festem Griff an seiner Schwanzflossenspitze und schleuderte ihn wie ein Spielzeug herum, bis er um Gnade flehte und sich ängstlich in die Höhle flüchtete.

Als sich Maja Haimanus Katz zuwandte, robbte dieser seinem Sohn gleich freiwillig hinterher.

Also schnappte sich Maja den Tentakelschluckspecht am Kragen und sah ihn einen Moment lang nachdenklich an.

Der Tentakelschluckspecht zappelte in Majas Beinen wie ein Fisch an der Angel.

Maja öffnete ihr Maul und sabberte ein paar Tropfen Spucke auf sein Ohrläppchen. Prüfend knabberte sie daran.

Der Tentakelschluckspecht schrie wie am Spieß los.

Dann wimmerte er kläglich: „Gnade! Liebste, schönste, beste Seespinne! Gnade! Habt Erbarmen mit einem armen Fisch!“

Maja verdrehte genervt ihre Augen und ließ den Tentakelschluckspecht mit dem Kopf voran in einen herumstehenden Vasenschwamm fallen.

Nella klatschte begeistert in die Hände. „Super, Maja! Wirklich toll!“

Floris stand wie vom Kugelfisch gebissen daneben und starrte Maja ehrfürchtig an.

„Mach den Mund zu, Floris!“, rief Nella gut gelaunt. „Sonst schwimmt dir noch ein Putzerfisch hinein.“

Floris klappte seinen Mund eilig zu und hob seine Walknochenlanze auf.

„Ich glaube, die brauchst du nicht mehr“, sagte

Nella. „Wir haben ja Maja. Aber echt super, wie du auf sie losgegangen bist, um mich zu retten. Das hätte sich nicht jeder getraut."

Floris guckte verlegen. „War bloß leider die Falsche", sagte er geknickt.

„Aber das konntest du doch nicht ahnen!", widersprach Nella energisch. „Aufsteigen, bitte!", forderte sie Floris auf.

Floris kletterte beherzt auf den Rücken der Atlantischen Riesenseespinne.

„Zum Felseninternat, bitte!", ordnete Nella an.

Sie kicherte vor sich hin. „Blauwalbusse, Seespinnenkutschen … jetzt möchte ich wirklich auch mal auf einem Katzenhai reiten."

18

Auch Katzenhaie können schnurren

Im Felseninternat herrschte bereits höchste Aufregung, als Nella und Floris auf dem Rücken der Atlantischen Riesenseespinne auf dem Pausenhof auftauchten.

Kurz zuvor hatte Direktor Patros alarmierende Nachrichten erhalten. Dieses ungezogene Meermädchen Pimpinella mit dem hübschen Seepferdchen, das der Direktor so gerne selbst besitzen wollte, sollte die Meerprinzessin sein! Direktor Patros war äußerst ungehalten darüber, dass ihn Frau Pataria nicht schon früher ins Vertrauen gezogen hatte. Schließlich war er nicht gerade zimperlich mit dem Mädchen umgesprungen. Er hatte ja keine Ahnung gehabt, was für eine kostbare Perle da im Internat zur Schule ging. Aber wenn er Glück hatte, konnte er seinen schlechten Eindruck wieder wettmachen. Denn Prinzessin Pimpinella schwebte in höchster Gefahr. So eine gute Gelegenheit, sie zu retten, kam so schnell nicht wieder!

Gerade eben hatte Direktor Patros seine Wachen zusammengetrommelt, um diese nach Pimpinella auszuschicken. Denn so viel war ihm klar: Mit Prinzessinnen durfte man es sich nicht verscherzen.

Als Direktor Patros die Riesenseespinne Maja erkannte, wurde er leichenblass. Schließlich hatte er sie wirklich nicht in bester Erinnerung, und sie war nun doppelt so groß wie bei ihrer letzten Begegnung. Auch dass sie sich von der Prinzessin führen ließ wie ein sanftes Seepferdchen, beruhigte den Direktor nicht.

Nella lenkte Maja erst einmal geradewegs in die Schulküche.

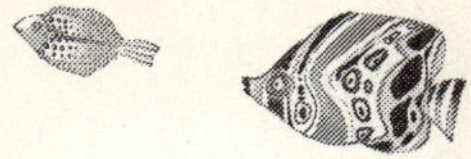

Nachdem Maja die ersten drei Schlangensterneintöpfe bis auf den allerletzten Tropfen ausgeschlabbert und die dreistöckige Schneckentorte verdrückt hatte, die eigentlich für die Geburtstagsfeier von Direktor Patros bestimmt gewesen war, rollte sie sich zufrieden in der dunklen Vorratskammer zusammen und schlief tief und fest ein.

„Schlaf dich gut aus, meine Kleine“, flüsterte Nella liebevoll und strich Maja über ein Büschel klebriger Haare. „Die Reise zurück in die Untiefe ist weit. Deine Mama hat es wirklich schwer mit dir. Ständig gehst du verloren.“

„Sie ist eigentlich eine ganz besonders friedliche Spinne“, erklärte Nella Augenblicke später. „Nur wenn sie nicht genug zu essen hat, bekommt sie schlechte Laune. Aber das geht mir und den Putzerfischen genauso. Und mein Opa, der flucht sogar manchmal vor Hunger.“ Sie kicherte ausgiebig.

Nella hockte zwischen den Wasserjungen Nick und Floris in einem gemütlichen Austernsessel und naschte Wasserrosenkonfekt aus einer riesigen Muschel. Die Süßigkeiten waren ein Willkommensgruß von Direktor Patros gewesen und sie schmeckten wirklich sehr lecker. Nicht so ranzig

wie die Pralinen aus Seeigelmilch, die ihre Freundin Effi manchmal von ihren Eltern geschickt bekam.

Nella hatte dem Professor versprochen, sich um Majas Rückreise zu kümmern, weil sie die Riesenseespinne am besten kannte. Direktor Patros wollte solange wichtigen Schreibmuschelkram in seinem Büro erledigen.

Nella hatte den Verdacht, dass er Maja lieber nicht mehr über die Beine stolpern wollte, aber das sprach sie höflicherweise nicht laut aus.

„Wieso wusstet ihr eigentlich schon Bescheid?", fragte sie Nick.

„Ein Schwarm Putzerfische hat Alarm geschlagen", erklärte er. „Und Onkel Grünbart ist auch schon auf dem Weg hierher!"

„Was?" Nella sprang wie von einem Igelfisch gepikst hoch. „Und das erzählst du erst jetzt?"

Nick grinste über die gelungene Überraschung. „Ja, genau. Onkel Grünbart taucht jeden Moment hier auf. Aber vorher hat er noch diesen Japanischen Sägehai in seine Untiefe zurückgeschickt und Frau Pataria den Kopf gewaschen. Wie es scheint, haben im Muschelschloss momentan alle ein ziemliches schlechtes Gewissen."

Er gluckste albern. „Besonders bestimmte freche Schuppen dort! Hast du eine Ahnung wer und warum?“

Nella nickte eifrig. „Allerdings. Wollt ihr hören, was im Schloss los war, als ich aus den Ferien kam?“ Gerade als sie lossprudeln wollte, tauchte am anderen Ende des Hofes eine Haifischflosse auf.

„Ich glaube Floris, dein liebstes Haustier kommt zurück“, sagte Nick spöttisch.

Karlo, der ungezogene Katzenhai, schwänzelte herbei, als könnte er kein Wässerchen trüben und knarzte zur Begrüßung sanft wie eine Hauskatze.

„Haha!“, antwortete Floris. „Sehr witzig.“ Er bekam überall rote Pünktchen im Gesicht. „Und was mache ich jetzt mit ihm?“, fragte er ratlos.

Nick zuckte mit den Schultern. „Ganz ehrlich: keine Ahnung. Ich traue diesen Fischen nicht. Schick ihn einfach wieder weg.“ Er starrte den Katzenhai misstrauisch an.

Floris schwieg und kaute nervös auf seiner Unterlippe herum.

Schließlich gab sich Nick einen Ruck. „Wenn du willst, kannst du dir Peng ab und zu mal ausleihen“, sagte er schließlich.

„Vielen Dank“, antwortete Floris erleichtert. „Vielleicht geht Karlo ja von alleine wieder weg, wenn ich ihn nicht beachte.“

Die beiden Wasserjungen guckten extra in eine andere Richtung.

„Armer Karlo!“, mischte sich Nella entschlossen ein. „Was kann er denn dafür, dass ihr nicht auf ihm reiten könnt? Bestimmt muss er in eine Haischule, so wie unsere Seepferdchen oder wie die Hunde *oben*.“

Sie streckte ihre Hand aus und strich dem Katzenhai vorsichtig über seine feste Haut. „Braver Karlo“, schmeichelte sie ihm.

Das schien Karlo zu gefallen, denn er bleckte seine Zähne und sah dabei aus, als würde er grinsen.

„Also, jetzt will ich es aber wissen!“, rief Nella übermütig.

Sie schwang sich mutig auf seinen Rücken.

Der Katzenhai knarzte begeistert.

„Wer macht mit?“, rief Nella abenteuerlustig. „Dieser Tag ist so verrückt, da reite ich jetzt tatsächlich auch noch auf einem Katzenhai.“

Das Geschenk der Königin

Inhalt

1

Aus reiner Schneckenlaune

„Nella, aufwachen. Ich muss dir unbedingt etwas erzählen!“

Irgendein lästiger Quälgeist zwickte Nella in ihre Schwanzflosse und weckte sie unsanft aus ihrem schönen Traum.

„Aua!“, protestierte Nella und kuschelte sich enger an Hydra. Sie hatte wirklich keine Lust, schon so früh geweckt zu werden. Also tat sie einfach so, als hätte sie nichts gehört und stellte sich weiter tief schlafend.

Die Seeschlange Hydra und das Meermädchen teilten sich ein höchst bequemes Muschelbett, das der Wassermann Nella nach seiner Rückkehr ins Schloss geschenkt hatte. Es bestand aus schillernden Austernmuscheln und glitzerte wie kostbare Perlen. So ein prachtvolles Möbelstück besaß nicht einmal die Schulleiterin Frau Pataria, was diese natürlich ziemlich wurmte.

Seitdem Grünbart wieder in seinem Turmzimmer wohnte, hatte auch das letzte Fischmaul begriffen, dass man auf Pimpinella ein ganz besonders wachsames Auge haben musste. Nur ein paar Erstklässler konnten es nicht lassen, der *Meerprinzessin*, wie Nella jetzt überall genannt wurde, ab und zu kichernd einen harmlosen Streich zu spielen. Ansonsten herrschte wieder beste Stimmung zwischen den Meerjungfrauen. Dafne und Effi hatten endlich aufgehört zu sticheln, und Mari platzte fast vor Stolz darüber, eine echte Prinzessin zur Freundin zu haben.

Hydra war von Grünbart dazu bestimmt worden, Pimpinella zu beschützen. Besonders, wenn

der Wassermann einmal für ein paar Tage verreist oder mit seinen geheimen Experimenten beschäftigt war, wich die Seeschlange Nella nicht von der Seite.

Denn eine Sache war so klar wie Spinnengrütze: Nellas Leben war immer noch in höchster Gefahr. Die Wellen aus den Sieben Meeren hatten die Nachricht an die Fische weitergemurmelt und diese hatten die schlechte Botschaft bis zum Muschelschloss geblubbert: Der Graue König plante einen neuen Angriff auf Pimpinella Meerprinzessin.

Leider wusste selbst der Wassermann Aquarius Grünbart nicht wann und wie und das bereitete ihm große Sorge.

Dass Hydra im Schulunterricht herumschlängelte und alles durcheinanderwirbelte, fanden nicht alle Lehrer toll. Seeschlangen waren auch für viele Fische etwas gewöhnungsbedürftige Tiere.

Ausgerechnet Nellas Fechtlehrer Señor Nigri, der als besonders tollkühn galt, vermied es panisch, Hydra in ihre gelben Augen zu schauen. Sie hatte ihn nämlich gleich in der ersten Sportstunde hypnotisiert und er war herumgetorkelt wie eine durchgedrehte Spiralmuschel. Seither schwamm er einen weiten Bogen um Nellas unheimliche Schlange und

fächerte sich verstört mit seiner Rückenflosse Luftblasen zu, wenn Hydra ihm zu nahe kam.

„Nella! Wenn du nicht sofort aufwachst, lese ich die Briefmuschel von Nick, die du gestern Abend in deiner Schatztruhe versteckt hast."

Nella schoss pfeilschnell in die Höhe. „Untersteh dich!", rief sie aufgeregt. Sie erwischte Effi gerade noch an der Flosse, bevor diese den Deckel der Truhe zurückklappen konnte. In der schillernden Muscheltruhe, die aus dem gleichen Material bestand wie ihr Bett, bewahrte Nella ihre geheimsten Geheimnisse auf. Auch das Schmuckkästchen ihrer Mutter war gut darin versteckt.

„Neugierige Krabbe!", schimpfte Nella und warf sich schützend über die Truhe, die neben ihrem Schreibtisch stand.

Effi kicherte. „Weiß sowieso jeder im Schloss, dass Nick in dich verknallt ist. Bestimmt kann er es kaum noch erwarten, bis die Ferien anfangen."

Mit einem empörten Schrei schnappte sich Nella ihre freche Freundin und begann sie so gnadenlos durchzukitzeln, bis diese um Gnade bettelte.

Die Meermädchen aus dem Muschelinternat und die Wasserjungen aus dem Felseninternat kamen mittlerweile prima miteinander aus. Besonders

Nella und Nick konnten sich gut leiden und schickten geheime Briefmuschelbotschaften hin und her. Außerdem war Wassermann Grünbart Nicks Patenonkel. Deshalb hatte Nick schon lange vor allen anderen im Internat erfahren, dass Nella in Wirklichkeit eine Prinzessin war.

Für diese Ferien hatten sie tolle Pläne geschmiedet: Die Meermädchen und die Wasserjungen wollten zum ersten Mal ganz alleine mit dem Walbus in ein Ferienlager reisen und dort ein paar Wochen gemeinsam mit ihren Seepferdchen und Delfinen zelten. Genau zwischen Muschelschloss und Felsenpalast lag ein wunderschönes Korallenriff, das dafür wie geschaffen war.

„Also: Wann trudeln die Jungs bei uns ein?“ Effi grinste.

Nellas Gesicht verfinsterte sich. „Das steht leider wieder in den Seesternen. Nick schreibt, dass Professor Patros den Wasserjungen aus heiterem Himmel verboten hat, das Felseninternat zu verlassen. Hört sich an, als müssten sie in den Ferien zusammen mit ihren Lehrern in der Schule bleiben. Der Professor ist so ein Spielverderber! Noch schlimmer als Frau Pataria.“

Sie ballte zornig die Faust. „Aber das lassen sich

die Jungs nicht mehr gefallen. Nick und Floris wollen heimlich losreiten."

Effi guckte verwirrt. „*Aus heiterem Himmel*?", fragte sie unsicher. „Was meinst du damit?"

Nella kicherte. „Entschuldige, ich meine natürlich aus reiner Schneckenlaune!"

Manchmal, wenn Nella sich besonders über etwas aufregte, brachte sie die Wörter, die sie *oben* bei ihren Großeltern gelernt hatte, mit der Sprache *unten* durcheinander. Dann verstand niemand ein einziges Sandkorn. Effi war wie die meisten anderen Meermädchen noch nie an Land geschwommen und wusste daher nicht, wie es an den Klippen, die aus dem Meer herausragten, aussah und dass es darüber einen Himmel gab.

Effi strich sich nachdenklich über ihre bunte Fischschuppenkappe. „Ich glaube irgendwie nicht, dass es einfach eine Schneckenlaune ist. Vielleicht macht sich Professor Patros wirklich Sorgen. Stell dir vor: Herr Kubus wurde heute Morgen von einer Horde fremder Fische überfallen. Nun sind alle Briefmuscheln weg und seine Rückenflosse ist schwer verletzt."

Nella schrie auf. „Ist das gemein! Der arme Herr Kubus. Sind die Diebe schon erwischt worden?"

Effi schüttelte den Kopf. „Das ist ja das Seltsame: Herr Kubus hat keinen einzigen Fisch erkannt. Dabei war er schon in allen Sieben Meeren Postbote. Frau Pataria hat sofort einen Spezialtrupp Geisterpfeifen ausgeschickt."

Nella nickte zustimmend. Geisterpfeifen waren beinahe unsichtbar und deshalb besonders gute Spione. Wenn Frau Pataria sie einsetzte, dann war die Lage allerdings wirklich ernst.

„Ist ihm denn wichtige Post gestohlen worden?", fragte sie weiter.

Effi zuckte mit den Achseln. „Keine Ahnung. Herr Kubus wird gerade von Doktor Achilles behandelt. Aber Herr Grünbart hat sich auf der Treppe mit Frau Pataria gestritten. Also gibt es auf jeden Fall Ärger."

Nella schlug grimmig mit ihrer Schwanzflosse Wirbelwellen. „Das hört sich ja alles höchst verdächtig an. Ich will jetzt sofort genau wissen, was da los ist und warum die Jungs plötzlich nicht mehr kommen dürfen. Machst du mit?"

2

Ein Postfisch ohne Post

„Ich kann mich wirklich nicht erinnern!"

Obwohl sie noch ein gutes Dutzend Schwanzflossenschläge von der Krankenstation entfernt waren, erkannte Nella Herrn Kubus' Stimme sofort. Er hörte sich ungewohnt weinerlich an.

Vor dem Eingang hielt einer der dämlichen Quallenagenten Wache, die Nella überhaupt nicht ausstehen konnte. Die Meermädchen warfen sich auf den Sandboden und robbten auf dem Bauch näher an ihn heran.

Nella schnappte sich eine Handvoll Muscheln und pfefferte sie mit Schwung in die andere Richtung. Ihr Plan ging auf. Die Qualle stürzte sofort los, um den Störenfried ausfindig zu machen.

Die Meermädchen hechteten über die Türschwelle. Nella versteckte sich unter Doktor Achilles' Schreibtisch und Effi hinter einer violetten Wasserpflanze.

Doktor Achilles und Herr Kubus waren schon ewig miteinander befreundet. Der Arzt behandelte die rheumatischen Flossen des Postfisches, wann immer sich dieser im Muschelschloss aufhielt. Gerade verband er die Rückenflosse mit einer Art Binde, die aus feinstem Spinnenfaden gewebt war.

„Diesen feigen Fischen ziehe ich jede Schuppe einzeln aus", knurrte Aquarius Grünbart.

Nella erschrak. Sie hatte den Wassermann gar nicht gesehen. Er fläzte sich direkt neben dem Schreibtisch in einem bequemen Muschelsessel.

„Ich kann mich an gar nichts erinnern", klagte Herr Kubus erneut.

Doktor Achilles nickte verständnisvoll und tätschelte Herrn Kubus zur Beruhigung die unverletzte Seitenflosse. „Gleich geht es Ihnen wieder besser, lieber Freund." Er goss eine dicke, dunkelblaue Flüssigkeit aus einem Vasenschwamm in einen Blütenkelch und hielt sie dem Postfisch vor das Maul. „Am besten, Sie schlucken die Medizin zusammen mit der Blüte. Sie schmeckt etwas bitter, ist aber sehr wirkungsvoll."

Doktor Kubus presste seine dicken Lippen ängstlich aufeinander und schüttelte den Kopf. „Nein danke, ich fühle mich bereits wieder wie neugeboren", sagte er eilig.

Doktor Achilles lachte belustigt. „Sie benehmen sich ja wie ein kleines Meermädchen. Der Trank hilft Ihnen, Ihre Erinnerung aufzufrischen. Es ist eine äußerst nützliche Mischung aus Anti-Kränkungstrank und Stärkungsmittel."

Grünbart erhob sich ächzend von seinem Stuhl. „Los, Kubus. Seien Sie keine feige Qualle. Wir haben keine Zeit zu verlieren. Ich muss wissen, welcher Fischkopf hinter dem Anschlag steckt."

Der Postbote seufzte. „Wenn es sein muss, Chef." Er schloss ängstlich die Augen und verschlang den Blütentrank mit einem einzigen Happs.

Einen Moment lang herrschte atemlose Stille.

„Und?“, fragte ihn Doktor Achilles schließlich. „Merken Sie schon etwas?“

Herr Kubus schmatzte laut. „Lecker!“, antwortete er erleichtert. „Wirklich sehr, sehr lecker.“ Er öffnete die Augen und sah sich suchend um. „Vielleicht sollte ich zur Sicherheit noch eine zweite Portion nehmen. Die Blüte ist sehr delikat.“

Doktor Achilles schüttelte wortlos den Kopf.

Der Wassermann schlug mit der Hand auf den Schreibtisch.

Nella erschrak so sehr, dass sie mit dem Kopf schmerzhaft gegen die Tischplatte stieß.

„Was war so Außergewöhnliches in dem Postsack, Kubus?“, rief Grünbart.

Nella staunte. So ungeduldig hatte sie den Wassermann noch nie zuvor erlebt.

Herr Kubus begann, unruhig mit den Flossen zu wackeln. „Ich weiß es, ich weiß es, ich weiß es wieder, Chef!“, rief er zitternd vor Aufregung.

„Es war ein Brief für unser Prinzesschen dabei. Ist mir gleich aufgefallen, so gezackt wie ein Seestern und keine Schreibmuschel. Kostbarer Umschlag, feinstes Wasserlilienblatt. Seltsamerweise kein Absender. Stattdessen befand sich auf der Rückseite ein dunkelblaues Seesternsiegel. Wirklich, der schönste Brief in meiner gesamten Laufbahn. Und als Adresse stand in schöner Handschrift mit wasserfester Tinte geschrieben: *Ihre Königliche Hoheit Prinzessin Pimpinella Ozeana Seestern.*"

Er machte ein betrübtes Gesicht. „Hoffentlich bekommen wir ihn wieder zurück. Würde mich interessieren, aus welchem wasserdichten Schneckenleim das Siegel ist."

Doktor Achilles machte ein betroffenes Gesicht und wechselte einen schnellen Blick mit dem Wassermann.

Aquarius Grünbart war kreidebleich geworden. Er ließ sich wieder in seinen Sessel fallen. „Also steckt tatsächlich der Graue König dahinter", sagte er mit belegter Stimme. „Wenn das keine Falle ist, fresse ich meinen Bart. Freunde, der Kampf ist eröffnet."

„Hat der Brief etwas mit meiner Mama zu tun, Herr Grünbart?", schrie Nella aufgeregt. Sie vergaß jede Vorsicht und schnellte aus ihrem Versteck hervor. „Hält der Graue König sie gefangen?"

„Ach du grünes Neunauge, Nella. Das gibt Ärger", stöhnte Effi.

Nella sah aus dem Augenwinkel, wie Effi im

Zeitlupentempo aus der Tür paddelte. Niemand bemerkte sie. Nella atmete erleichtert auf. Sie war sich sicher, dass Effi vor der Tür weiterlauschen und ihr im Notfall zu Hilfe eilen würde.

Aquarius Grünbart starrte Nella einen Moment lang verdattert an. Dann donnerte er los wie ein Wasserbeben. „Du ungezogener Wasserfloh. Wie oft habe ich euch Meermädchen verboten, heimlich zu lauschen?“ Er sah sie mit wütenden Augen an, und seine buschigen Augenbrauen kräuselten sich vor Ärger.

„Ist meine Mama beim Grauen König?“, rief Nella unbeirrt. „Ich muss es wissen!“ Sie schlug mit ihrem Fischschwanz ungeduldig auf den sandigen Boden. Mittlerweile hatte sie kaum noch Angst vor dem Wassermann, denn dazu hatte sie ihn längst viel zu lieb gewonnen. Manchmal musste sie sogar loslachen, wenn er herumpolterte wie ein Pottwal.

„Nein, ist sie nicht!“, sagte Aquarius Grünbart knapp. „Wie du eben selbst gehört hast: Der Brief ist vermutlich eine Falle. Und jetzt verschwinde auf der Stelle.“

Anstatt zu tun, was der Wassermann ihr befahl, schwamm Nella noch ein Stück näher an ihn heran und ergriff seine Hand. „Aber woher wissen Sie das so genau?", bohrte sie hartnäckig weiter. „Sie haben den Brief doch gar nicht gelesen. Irgendjemand hat ihn gestohlen und der arme Herr Kubus kann sich nicht einmal daran erinnern, wer so gemein war."

Der Doktorfisch verdrehte die Augen und machte Nella mit seiner Rückenflosse verzweifelte Zeichen, endlich still zu sein.

Aquarius Grünbart wurde vor Zorn so grün, dass er seinem Namen alle Ehre machte. Er raufte sich fassungslos seinen Bart und holte tief Luft: „Prinzessin Pimpinella Ozeana Filomena Petersilie Seestern! Spiel mit deinen Muschelketten und Seehasen und störe erfahrene Wassermänner nicht bei ihrer Arbeit. Du bist einfach noch zu klein und zu dumm, als dass du dir wegen solch schwieriger Dinge die Schwanzflosse müde klopfen solltest."

Nella blieb vor Verblüffung die Spucke weg. So hatte der Wassermann noch nie mit ihr gesprochen! Die Schuppen ihrer Schwanzflosse stellten sich auf wie Wasserigelstacheln und sie wurde total sauer.

Aber bevor Nella dazu kam, dem Wassermann gehörig die Meinung zu sagen, schlang sich ein langes, glitschiges Ding wie ein fester Gürtel um ihren Bauch. Das unverschämte Etwas war niemand anderes als die Seeschlange Hydra.

Nella bekam gerade noch mit, dass der Wassermann Hydra erfreut zublinzelte und den Daumen nach oben streckte. Dann zog die Wasserschlange sie mit sich fort.

3

Yoga für Seeschlangen

„Loslassen!“, befahl Nella hitzig. „Und zwar sofort!“

Aber Hydra kümmerte sich nicht die Spinne um ihr Geschrei, sondern glitt unbeirrt weiter. Nella zappelte angestrengt, um sich aus eigener Kraft zu befreien, aber da hatte sie wenig Glück. Hydras Schlangenleib war viel stärker. Seit die Seeschlange die verantwortungsvolle Aufgabe übernommen hatte, die Meerprinzessin höchstpersönlich zu beschützen, trainierte sie jeden Tag ihre Bauchmuskeln. Entschlossen schleppte sie das Meermädchen durch die langen Flure des Muschelschlosses, immer weiter fort von der Krankenstation.

Effi kraulte den beiden, so schnell sie konnte, hinterher. Ihr Gesicht war schon knallrot vor Anstrengung, aber sie wollte sich auf keinen Fall von der flinken Seeschlange abhängen lassen.

„Hoppla, was spielt ihr denn für ein lustiges Spiel?“ Nellas Freund, der Vampirtintenfisch Thomas, kam um eine Ecke gedüst und versuchte, sich an Nellas Flossenspitze zu hängen. „Ich will auch von Hydra gezogen werden!“, rief er begeistert.

„Glaubst du etwa, Nella macht das freiwillig?“, keuchte Effi. „Die gemeine Schlange hat Nella entführt!“

„Waaaas?“ Der Vampirtintenfisch wurde augenblicklich feuerrot und begann zu blinken wie eine Warnleuchte. „Alarm, Alarm! Allerhöchster Alarm! Entführung! Die Prinzessin wird entführt! Alarm!“, rief er und fuchtelte panisch mit seinen acht Fangarmen herum.

Er stürzte sich mit einem olympiareifen Hechtsprung auf Hydra und pappte sich todesmutig mit drei Tentakeln an ihrem Körper fest.

Die Seeschlange stoppte jäh, drehte erstaunt ihren Kopf in seine Richtung und züngelte ungehalten. Gleichzeitig lockerte sie ihre Schwanzspitze, mit der sie Nella umfangen hielt, ein klein wenig und begann, diese wie ein Lasso kreisen zu lassen. Sekunden später hielt sie auch den Vampirtintenfisch fest umklammert und riss ihr Maul drohend auf.

„Hiiiiiilfe! Ich werde aufgefressen! Die Schlange verschlingt mich!"

Thomas wurde bleich wie Muschelstaub, hielt sich seinen vierten Fangarm ängstlich vors Gesicht und schrie wie am Spieß.

Ein Schwarm Putzerfische, der gerade die Flure säuberte, stürmte mutig herbei, um den Vampirtintenfisch, der anscheinend in Lebensgefahr war, zu befreien. Die Putzerfische begannen eifrig, die Seeschlange mit ihren Mäulern zu triezen, damit sie Thomas und Nella losließ.

Hydra versuchte gereizt, die lästigen Fische abzuschütteln.

„Was soll der Lärm?" Urplötzlich versperrte die

Schulleiterin Frau Pataria der Seeschlange und ihren Widersachern den Weg. „Schluss mit dem Gezanke, und zwar auf der Stelle!“

Frau Pataria war eigentlich gerade auf dem Weg zur Krankenstation gewesen, um sich nach Herrn Kubus zu erkundigen.

Anscheinend hatte sie die Nachricht, dass der Postfisch überfallen worden war, vom Frühstück aufgescheucht, denn sie hatte noch ihren Pyjama an. Er bestand aus einer leuchtend grünen Fischhaut, wie man sie eigentlich nur bei Fischen aus der Südsee kannte. Die Knöpfe waren aus knallroten Korallen gefertigt. Korallen waren die Lieblingstiere der Schulleiterin. Wenn sie schlecht gelaunt war, mussten die Meermädchen ihren Privatschmuck sogar mit einer Art Zahnbürste bürsten. Das war eine Strafarbeit, die jede Schülerin im Muschelschloss fürchtete.

Über den Pyjama hatte Frau Pataria offenbar in großer Eile einen silberfarbenen Umhang geworfen. Dieses Kleidungsstück war höchst lebendig. Es bestand aus Hunderten kleiner glitzernder Wasserspinnen, die immer noch eifrig daran arbeiteten. Man gewann den Eindruck, dass es auf der ganzen Schulleiterin wimmelte.

Auf dem Kopf trug sie eine Art Schlafmütze, um ihre kunstvolle Hochfrisur, die durch schwarze Korallenäste eine beachtliche Höhe erhielt, zu schützen. Schließlich konnte sie dieses Kunstwerk unmöglich jeden Tag neu aufstecken.

Die Schulleiterin sah mit dieser Kopfbedeckung, die aus einem Vasenschwamm bestand, höchst lächerlich aus. Obwohl Nella gerade stinksauer war und Hydra sie so unangenehm an den Vampirtintenfisch quetschte, dass ihr beinahe die Luft wegblieb, musste sie kichern. Mit Frau Pataria im Obstgarten bräuchte sich Oma Ida endlich keine Sorgen mehr über freche Kirschendiebe zu machen, dachte sie bei sich. Eine bessere Vogelscheuche hatte niemand im ganzen Dorf.

Die Schulleiterin scheuchte die Putzerfische mit einer raschen Handbewegung wieder an ihre Arbeit und befahl der Seeschlange, Thomas und Nella freizugeben.

Hydra ließ die beiden zögernd los. Sie rollte sich im Sand ein und beobachtete alles mit wachen Augen.

Weil Thomas immer noch panisch kreischte, hob ihn Frau Pataria einfach an zwei Fangarmen hoch und schüttelte ihn kräftig durch. Das wirkte tatsächlich. Thomas verstummte und wechselte seine Hautfarbe zu Tanggrün.

„Mir ist schlecht und mein Kopf tut weh“, jammerte er und rieb sich mit dem sechsten Fangarm die Stirn. „Danke, liebste Frau Pataria“, er warf sich mit seinen acht Fangarmen vor ihren Fischschwanz. „Sie haben mir das Leben gerettet. Nehmen Sie die Schlange gefangen, sie wollte Nella entführen!“

Frau Pataria schnaubte unwillig. „Was redest du da für einen Unsinn?“, herrschte sie den Vampirtintenfisch an. „Die Seeschlange tut nur ihre Pflicht. Und die lautet, die Prinzessin zu bewachen und zu beschützen. Das hat der Wassermann so bestimmt. Auch wenn Eure Hoheit das vielleicht ganz anders sehen …“ sagte sie bissig in Richtung Nella. „Wohl wieder einmal zu vorlaut gewesen, das verwöhnte Prinzesschen?“

Nella antwortete nicht. Sie presste die Lippen fest aufeinander und funkelte die Schulleiterin bitterböse an.

„Es sah aber wirklich ganz schön gefährlich aus, wie Hydra Nella und Thomas gepackt hat, Frau Pataria“, schaltete sich Effi zaghaft ein. Eigentlich fürchtete sie sich vor der Schulleiterin und schwamm ihr, so gut es ging, aus dem Weg. Aber sie konnte einfach nicht tatenlos zuhören.

Die Schulleiterin machte ein zischendes Geräusch und sah plötzlich der Seeschlange Hydra zum Verwechseln ähnlich. „Steck deine Flossen nicht in Dinge, die dich nichts angehen.“ Sie fuchtelte mit ihrer beringten Hand vor Effis Gesicht herum.

Effi fuhr eingeschüchtert zusammen. Frau Patarias Ringe waren ganz besonderer Art. In der Regel steckten an ihren dicken Fingern lebendige Meerestiere.

„Verschwindet auf dem schnellsten Wege in eure Klassenzimmer, sonst gibt es eine Strafarbeit, die ihr so schnell nicht vergessen werdet.“ Die Schulleiterin grinste Nella boshaft an. „Das gilt auch für Prinzessinnen.“ Sie schwamm in kerzengerader Haltung davon.

„Ich kann Frau Pataria nicht ausstehen“, fauchte Nella. „Sie ist einfach nur gemein.“

Effi nickte. „Sie ist giftiger als der giftigste Kugelfisch.“

„Entspannt euch, meine Süßen. Ich glaube, das war alles nur ein dummes Missverständnis“, mischte sich eine sanfte Stimme in den Streit ein.

„Hallo, Madame Karma!“, rief Nella überrascht. „Das ist ja toll, dass Sie wieder einmal bei uns vorbeitauchen." Sie schwamm froh auf den kleinen Fisch zu.

Madame Karma war ein außergewöhnlich nettes Flügelross. Sie fand sich mit bunten Flossen hübscher und deshalb hatte sie meistens rosa und lila gefärbte Flossenspitzen. Heute sah sie besonders farbenfroh aus. Sie war in einem sehr schönen Altrosa gepunktet und trug einen kecken lila Klecks über dem Maul.

„Der liebe Wassermann hat mir einen Boten geschickt", blubberte sie fröhlich los. „Das war ein sehr lustiger Pfeilfisch, mit dem ich furchtbar nett in meiner Wandermuschel gespeist habe, bevor er wieder zurückgeschwommen ist. Er hat mir berichtet, was inzwischen alles im Muschelschloss vorgefallen ist. Das sind ja wirklich tolle Abenteuer." Sie strahlte. „Ganz nach meinem Sinn."

Madame Karma kraulte dem Vampirtintenfisch, der immer noch im Sand lag und alle achte von sich streckte, den heißen Kopf. „Unser Thomas ist ja wieder einmal ganz durcheinander", sagte sie mitleidig. „Na, wenigstens sind seine Tentakel nicht verknotet, das ist ein gutes Zeichen."

Wenn der Vampirtintenfisch aufgeregt war, kam

es häufig vor, dass er über seine eigenen Arme stolperte oder diese so miteinander verknotete, dass er sie nicht mehr alleine auseinander bekam. Das letzte Mal, als die reiselustige Madame Karma mit ihrer fahrenden Muschel das Schloss besucht hatte, hatte sie ihm deshalb Yoga beigebracht. Danach war Thomas viel ruhiger geworden.

„Der Wassermann hat mich eingeladen, eine Weile bei euch zu bleiben. Ist das nicht nett? Und da es mir so alleine in meiner Muschel gerade anfing, langweilig zu werden, bin ich einfach losgedüst."

Nella machte vor Freude einen Wassersprung. „Juchuh!" Sie drückte Madame Karma so fest, dass ihre Flossen knirschten.

Zum Glück war das Flügelross nicht zimperlich. „Bedanke dich bei eurem Wassermann", quietschte es lachend.

„Eigentlich stinkt mir Herr Grünbart im Augenblick wie faule Igelmilch", gestand Nella und machte ein finsteres Gesicht. „Ich will nie wieder mit ihm reden. Er war nämlich gerade furchtbar gemein zu mir."

Sie erzählte so kurz wie möglich, was mit Herrn Kubus passiert war und dass ausgerechnet ein Brief fehlte, der an sie adressiert gewesen war.

„Dabei wollte ich doch nur wissen, ob meine Mama beim Grauen König ist. Aber Herr Grünbart ist gleich ganz doll wütend geworden und hat gesagt, ich bin zu klein und zu dumm dafür“, wiederholte sie aufgebracht. „Warum sagt er so etwas Fieses zu mir?“

Madame Karma machte es sich auf der Blüte einer Wasserrose bequem und streckte ihre Flossen lang. Sie dachte eine Weile nach, bevor sie antwortete.

„Manchmal sagt man das Gegenteil von dem, was man denkt, um den anderen nicht in unnötige Gefahr zu bringen. Bestimmt macht sich der Wassermann große Sorgen um dich und grummelt deshalb so herum.“ Sie zupfte mit ihrem Maul ein Blütenblatt ab und kaute daran. „Vielleicht müsste er einfach mal entspannen. Oder Urlaub machen. Oder einfach mal seine müden Schuppen durchschütteln.“

Sie hüpfte energiegeladen aus der Blüte und gab Thomas einen Schubs. „Los, du kleiner Faulpelz. Aufstehen! Wie ich sehe, sind deine Tentakel alle noch dran und auch dein schöner Kopf ist heil geblieben. Nur an deiner Hautfarbe müssen wir dringend etwas ändern. Dieses grässliche Grün brennt richtig in meinen Augen. Am besten, du stellst dich mit deinen Tentakeln mal auf den Kopf und wackelst kräftig."

Der Vampirfisch rappelte sich auf und stellte sich ungeschickt auf seine Fangarme.

Madame Karma nickte zufrieden. „Das sieht schon sehr fein aus. Und jetzt blubbere in dich hinein und dann alles wieder heraus. Am besten, du blubberst deine Sorgen einfach alle weg. Das geht schneller, als du denkst."

Sie schoss wie ein Späherfisch um Thomas' Kopf herum. „Einblubbern – rausblubbern. Einblubbern – rausblubbern … nicht aufhören."

Als Nächstes schwamm Madame Karma zu Hydra und umkreiste sie neugierig. Ohne die geringste Angst zu haben, dass Hydra sie verschlucken könnte, tastete sie mit ihrem Maul die Muskeln der Seeschlange ab. „Du bist aber stark", sagte sie bewundernd.

Sie drückte weiter auf der Schlange herum. „Ah, das habe ich mir gedacht", rief sie triumphierend. „Meine Güte, du bist ja total verspannt. Hast du dir mal überlegt, Bauchtanz zu lernen?" Madame Karma schwamm in Spiralen vor der Seeschlange auf und ab und ließ sie dabei nicht aus den Augen. „Guck mal, so."

Nella kicherte. „Hypnotisieren Sie Hydra etwa? Ich dachte immer, das geht nur umgekehrt. Señor Nigri hat deshalb totale Panik vor ihr."

Nellas Vermutung war ganz richtig. Hydra begann plötzlich, sich wie im Traum zu drehen und herumzuschlängeln. Dabei bewegte sie sich so anmutig wie eine Tänzerin, die zu einer wunderschönen Melodie tanzt.

„Lalala-lalala-lalala …", sang Madame Karma schmeichelnd.

„Und was sollen wir machen?", fragte Nella ungeduldig. „Können wir auch einen Tanz lernen? Aber ohne Hypnotisieren!" Sie fasste Effi an den Händen und begann, sich mit ihr im Kreis zu drehen.

„Wir schwimmen jetzt gemeinsam um die Wette zu den Seepferdchen. Ich will nämlich unbedingt meinem lieben Freund Herkules Hallo sagen", antwortete Madame Karma strahlend. Sie grinste Nella an. „Thomas soll noch eine Weile seine Übungen machen und kann dann nachkommen. Und um Hydra brauchst du dir jetzt erst mal keine Gedanken mehr zu machen. Heute lässt sie dich bestimmt in Ruhe. Die ist mit sich selbst beschäftigt."

Sie brachte ihr Maul in Startposition und rief: „Wer als Erster bei den Ställen ist, hat gewonnen. Auf die Plätze fertig los!“

4

Allerfeinstes Wasserlilienblatt

„Erster!“, rief Nella atemlos. Sie hatte die Seepferdchenställe eine knappe Schwanzspitze vor Madame Karma erreicht.

Nellas Seepferdchen Herkules knabberte gerade an einem Bündel frischer Seerosen. Als Herkules Nella erblickte, warf er freudig seinen Kopf herum und schaukelte begeistert auf und ab.

„Hallo, mein Süßer!“, sagte Nella und tätschelte zärtlich seinen Hals. „Leider reiten wir nicht aus. Stattdessen muss ich eine Doppelstunde Muschelkunde bei Frau Süßlippe überstehen. Heute geht es wieder einmal um seltene Perlenmuscheln, ihr Lieblingsthema.“ Nella musste bereits bei dem Gedanken an diese Schulstunde, die sich ziehen würde wie Tangkaugummi, herzhaft gähnen. „Aber guck mal, wer gerade zu Besuch gekommen ist!“ Sie gab die Sicht auf Madame Karma frei.

Madame Karma winkte begeistert mit ihren Flossen.

Herkules warf ihr galant eine Wasserrose aus seinem Maul zu.

„Herkules, Herkules!“, rief Madame Karma geschmeichelt und schnappte nach der Blüte. „Du bist wirklich das entzückendste Seepferdchen der Wasserwelt.“ Sie wurde tatsächlich ein wenig rot. Die Färbung passte ausgezeichnet zu ihren Punkten und sie sah sehr hübsch damit aus.

„Muschelkunde müsste doch erst in einer halben Stunde anfangen, oder?“, fragte sie. „Zeit genug für einen klitzekleinen Ausritt. Ich würde es lieben, mal wieder ein wenig von Herkules herumgeschaukelt zu werden.“

Nella schüttelte den Kopf. „Das geht leider nicht. Wir dürfen nicht aus dem Schloss schwimmen“, sagte sie traurig. „Frau Pataria hat es streng verboten und Quallenagenten losgeschickt. Die sollen Wache stehen, bis die feigen Fische gefunden worden sind, die Herrn Kubus überfallen haben.“

Madame Karma zuckte mit den Flossen. „Ach, deshalb hat sich der alberne Bobo so aufgespielt und meine Wandermuschel komplett auseinandergenommen. Dass so einer Chef der Wasserpolizei geworden ist, verstehe ich nicht. Typisch Frau Pataria. Ich glaube ja nicht, dass die Postdiebe ein zweites Mal auftauchen. Sie haben doch bekommen, was sie gesucht haben. Oder auch nicht. Vielleicht ist das Ganze auch bloß ein dummer Jungfischstreich gewesen und die fremden Fische haben deinen Brief nur gestohlen, weil er so hübsch aussah. Bestimmt sind sie schon längst weitergewandert.“

Nella runzelte die Stirn. „Trotzdem möchte ich zu gerne wissen, was in dem Brief stand.“

Madame Karma strich dem Meermädchen tröstend mit dem Maul über den Kopf. „Vielleicht taucht er ja wieder auf.“

Im selben Augenblick schoss der Vampirtinten-

fisch Thomas an Effi vorbei in den Stall. Er wanderte immer noch kopfüber über den Meeresboden, aber seine Haut hatte nun einen fröhlichen Pinkton angenommen. Damit sah er dem Flügelross direkt ein wenig ähnlich.

„Das war eine herrliche Idee von Ihnen, Madame Karma“, jubelte er. „Auf dem Kopf sieht die Wasserwelt ganz anders aus. Viel aufregender. Man sieht Dinge, die man sonst niemals entdeckt hätte. Wussten Sie zum Beispiel, dass es Pflanzen gibt, aus denen Briefpapier wächst? Gerade als ich einen leckeren Wasserfloh von der Spitze einer seltenen Wasserschwertlilie saugen wollte, entdeckte ich dieses feine Blatt in der Knospe. Das Blatt sah so hübsch aus, dass ich erst einmal die Ecken angeknabbert habe. Ich sage Ihnen: einfach köstlich! Den Rest spare ich mir für später auf. Aber zuerst muss ich unserem Doktor Achilles berichten, dass es eine echte Briefpapierlilie gibt. Er interessiert sich doch so für Botanik.“

Nella starrte den Vampirtintenfisch aus großen Augen an.

„Vielleicht nasche ich noch eine winzige Ecke“, sagte dieser und schob sich das Blatt mit dem achten Fangarm ins Maul.

Nella kam ein ungeheurer Verdacht. „Spuck das sofort wieder aus", schrie sie. „Das ist bestimmt mein geklauter Brief. Wahrscheinlich haben ihn die Diebe in die Pflanze hineingesteckt."

Der Vampirtintenfisch spie das Blatt erschrocken aus.

Eilig griff Nella danach. Obwohl der Umschlag mit dem Seesternsiegel fehlte und das Lilienblatt auf den ersten Blick unbeschrieben zu sein schien, zweifelte sie keinen Moment daran, dass es sich um den gestohlenen Brief handelte.

„Da steht ja gar nichts drauf", sagte Effi.

Nella hob das Blatt in die Höhe und hielt es gegen einen der Leuchtfische, die im Stall für etwas Licht sorgten. „Jedenfalls gibt es keine Briefpapierpflanze", sagte sie. Aber ihre Stimme klang enttäuscht. „Vielleicht waren die Buchstaben nicht wasserfest und sind weggeschwemmt worden."

Der Vampirtintenfisch streckte seine Tentakel nach dem leeren Blatt aus. „Darf ich jetzt weiternaschen?", fragte er erwartungsvoll. „Wenn nichts draufsteht, kann ich es doch auch einfach auffressen."

Madame Karma hob eine Flosse. „Halt! Ich möchte das Blatt vorher gerne noch einmal mit meinem Maul betasten“, sagte sie. „In der Pflanzenwelt kenne ich mich mindestens so gut aus wie Doktor Achilles. Er hat seine berühmte Flossensalbe mit meiner Hilfe erfunden.“

Sie schwamm eilig herbei und berührte mit ihrem Maul das saftige Lilienblatt. „Ha!“, rief sie triumphierend. „Genau so etwas habe ich mir nämlich gedacht.“ Sie schlug aufgeregt mit ihrer Schwanzflosse hin und her.

„Was denn?“, riefen Nella und Effi im Chor.

„Das ist eine Geheimschrift“, antwortete Madame Karma. „Ich kann feinste Einstiche auf dem Briefblatt fühlen. Da hat sich jemand sehr große Mühe gegeben.“

Nella wurde vor Aufregung knallrot im Gesicht. „Können Sie diese Geheimschrift lesen?“, fragte sie hoffnungsvoll.

Madame Karma blubberte ein paar nachdenkliche Luftblasen ins Wasser. „Ich schlage vor, dass wir Doktor Achilles um Hilfe bitten. Er soll den Brief mit dunkelblauer Tinte einfärben. Wenn man anschließend feinsten Südseesand darüberstaubt, müsste der geschriebene Text für einige Augenblicke sichtbar werden.“

Nella atmete tief durch. In ihrem Kopf ging alles

drunter und drüber. Wer hatte den Brief geschrieben und warum hatte er ihn in einer Geheimschrift verfasst? Sollte die Nachricht nicht in falsche Flossen geraten?

Plötzlich wurde Nella sehr unsicher. Wem im Muschelschloss konnte sie überhaupt noch vertrauen? „Wenn Doktor Achilles den Brief lesbar macht, weiht er bestimmt Herrn Grünbart ein und vielleicht sogar Frau Pataria“, sagte sie zweifelnd. „Dazu habe ich aber eigentlich gar keine Lust. Schließlich ist es mein Brief.“ Sie sah Madame Karma flehend an. „Könnten Sie das nicht auch probieren?“

Das Flügelross schüttelte energisch den Kopf. „Nein, denn dafür braucht man ein Labor. Wenn ich etwas falsch mache, erfährst du nie, was in deinem Brief stand.“

Einen Augenblick schwiegen alle.

„Darf ich den Brief fressen, wenn ihr mit dem Lesen fertig seid?“, mischte sich Thomas ein. „Schließlich habe ich ihn gefunden und danach ist er doch sowieso wertlos. Mit dunkler Tinte gewürzt, stelle ich mir das Blatt noch köstlicher vor.“ Vor Vorfreude wurde er ganz dunkellila.

Niemand antwortete ihm. Enttäuscht stellte sich

der Vampirtintenfisch wieder auf den Kopf. Vielleicht hoffte er, auf diese Weise noch weitere Briefe zu entdecken.

„Was willst du tun, Nella?“, fragte Effi. Sie hatte die ganze Zeit staunend zugehört, ohne ein Wort zu sagen. „Doktor Achilles ist doch immer total nett zu dir. Der verpetzt dich bestimmt nicht an Frau Pataria.“

Nella seufzte. Sie wusste auch keine bessere Lösung. „Na, gut“, gab sie nach. „Ich muss einfach wissen, was in dem Brief steht und ob er von meiner Mama ist. Sie schwimmen voran, Madame Karma, und gucken, ob der Doktor alleine ist. Wir paddeln erst hinterher, wenn Sie uns ein Zeichen geben.“

Nella warf Herkules noch eine Kusshand zu und dann schwammen sie los.

Der Vampirtintenfisch folgte ihnen eilig. Vielleicht hatte er doch noch ein Fünkchen Hoffnung, dass er das Blatt anschließend verspeisen durfte. „Und was ist mit Frau Süßlippe und Muschelkunde?“, warf er ein. Er fühlte sich ein wenig schuldig, weil er den Brief angeschleppt hatte und Nella deshalb den Unterricht schwänzte.

„Kein Problem!“, rief Nella vergnügt. „Der Unterricht fällt heute für uns aus, so ein Pech.“ Sie grinste verschmitzt. „Bestimmt schreibt uns der liebe Herr Grünbart eine nette Entschuldigung für Frau Süßlippe. Und wenn nicht, dann lasse ich ihn meinen Brief einfach nicht lesen.“

5

Eine Botschaft unterm Südseesand

Nella hatte Glück. Doktor Achilles war allein mit Herrn Kubus, der sich unruhig auf einer gemütlichen Seegrasmatratze hin und her wälzte.

„Das sind meine Briefe, geht weg. Das sind meine Briefe, geht weg, ihr Dummfische! Alles gemeine Dummfische“, murmelte er leise vor sich hin.

Aquarius Grünbart und die Schulleiterin hatten

sich zu einer geheimen Besprechung in den Wassermannturm zurückgezogen. Es musste schon um etwas ganz besonders Wichtiges gehen, dachte Nella. Sonst hätte sich Frau Pataria nie dazu herabgelassen, sich mit Aquarius Grünbart an einen gemeinsamen Austerntisch zu setzen. Ihr kam es jedenfalls gerade recht. Sie war immer noch stinksauer auf den Wassermann und hatte keine Lust, ihm über die Schwanzflosse zu schwimmen.

Als Doktor Achilles seine ehemalige Krankenschwester Madame Karma erblickte, wurde er vor Freude so rot wie ein gekochter Hummer. „M-m-madame K-k-arma“, stotterte er verlegen. „Nein, so eine Überraschung.“

Madame Karma schien sich aber fast genauso zu freuen, den Schularzt wiederzusehen. Sie drückte ihm einen herzhaften Kuss auf die Flosse. „Mein lieber Achilles, auf meinen ganzen Reisen habe ich keinen Doktorfisch getroffen, der so süß ist wie Sie!“ Das brachte den armen Achilles noch mehr durcheinander und er stieß einen vollen Vasenschwamm mit Kräuterlikör um.

„Der gute Saft!“, rief Madame Karma aufgekratzt. Sie streckte ihr Maul vor, um noch einige kostbare Tropfen aufzufangen.

Weil der Schularzt das Gleiche im Sinn hatte, stießen die beiden unsanft mit ihren Fischköpfen zusammen.

„Hoppla!", riefen sie gleichzeitig und lachten etwas übertrieben.

Nella und Effi kicherten.

Madame Karma weihte den Doktorfisch eilig ein.

„Ihr habt den gestohlenen Brief gefunden?", fragte er aufgeregt.

„*Ich* habe ihn gefunden", sagte der Vampirtintenfisch stolz. „Sehr leckeres Blatt."

Der Doktorfisch sah ihn entsetzt an. „Hast du ihn etwa aufgefressen?"

Thomas sah Achilles entrüstet an. „So etwas Dummes würde ich niemals tun, Doc", antwortete er gekränkt. Er hielt zwei Fangarme hoch wie zum Schwur.

„Der Umschlag war nicht dabei", mischte sich Nella ein. „Wahrscheinlich haben ihn die Diebe schon vorher weggeworfen. Den Brief konnten sie ja zum Glück nicht lesen."

Doktor Achilles nickte. „Merkwürdig", sagte er. „Wirklich sehr merkwürdig." Er starrte nachdenklich auf den scheinbar unbeschriebenen Brief. „Unser tapferer Postfisch ist zwar immer noch ganz verwirrt, aber nachdem er den Erinnerungstrank geschlürft hatte, war er der Meinung, dass er unter den fremden Fischen einen der Katzenhai-Jungs erkannt hat. Wie heißt er noch …?“ Er suchte nach dem Namen.

„Otis?“, fragte Nella alarmiert.

Otis war der schrecklichste Wasserjunge auf dem ganzen Meeresboden. Er ritt auf einem ungezogenen, bissigen Katzenhai und hatte Nella schon mehrmals einen furchtbaren Schrecken eingejagt. Sein Vater, Haimanus Katz, machte gemeinsame Sache mit dem Grauen König. Dafür gab es jede Menge handfester Beweise.

„Richtig, Otis!“, sagte der Doktorfisch. „Ich frage mich, was dieser Junge mit der Sache zu tun hat.“

Nella begann herumzuzappeln und fegte mit ihrem Fischschwanz unruhig über den Sand. „Ich hab die Lösung!“, rief sie aufgeregt. „Der Brief ist von Mama und die wird vom Grauen König gefangen gehalten. Irgendein doofer Fisch hat dem Grauen König zugemurmelt, dass es ihr gelungen ist, eine Nachricht an mich zu schicken. Und der Graue König hat dann die Katzenhai-Jungs beauftragt, den Brief zu klauen. Das ist mir jetzt so klar wie Spinnenbrühe."

Madame Karma klatschte in die Flossen. „Nella, du bist wirklich ein schlaues Mädchen. Kein Wunder, dass der Wassermann sich solche Sorgen um dich macht. Kluge Prinzessinnen gibt es nicht wie Sandkörner am Meeresstrand."

Der Doktorfisch schüttelte ungläubig den Kopf. „Wenn das stimmt, dann müssen wir auf der Stelle Grünbart und die Schulleiterin informieren. Dann ist das ganze Muschelschloss in Gefahr."

Effi nickte eingeschüchtert. „Ich kriege langsam ganz doll Angst. Geheime Briefe, die Katzenhai-Jungs und ein wütender Grauer König. Das geht bestimmt nicht gut aus."

Doktor Achilles erwärmte dunkelblaue Tinte in einem Muscheltopf. Dafür legte er ein paar glühende Steinmuscheln, die er sich jede Woche frisch aus einem Vulkan liefern ließ, darunter. Gleichzeitig stellte er schon einmal den Südseesand bereit.

„Gleich muss alles ganz fix gehen", erklärte er seinen Zuschauern. „Der Brief wird nur für kurze Zeit zu lesen sein. Danach werden die Poren verstopfen und wir sehen dann nur noch ein gefärbtes Blatt."

Der Vampirtintenfisch streckte sich begeistert und fegte mit seinem sechsten und siebten Fangarm beinahe den Topf von den Steinen. „Dieses Süppchen riecht aber lecker“, schwärmte er. „Lasst mir bitte ein paar Schlückchen übrig!“

Die dunkle Tinte begann leise zu blubbern.

„Mit Schwung über den Brief gießen“, rief der Doktorfisch.

Nella und Effi packten den Muscheltopf an je einem Henkel und kippten die Tinte über den Brief.

„Och, ist ja ganz leer geworden!“ Thomas ließ zwei seiner Tentakel in den Topf schnellen und saugte gierig die Reste heraus.

„Jetzt den Sand gleichmäßig auf dem Brief verteilen, sodass er ganz bedeckt ist!“, befahl Achilles.

Nella bestäubte den Brief geschickt mit dem weißen Südseesand. Dann beugte sie sich mit klopfendem Herzen über das Wasserlilienblatt.

„Hoffentlich klappt es. Sonst erfahren wir nie, was Spannendes in dem Brief stand!“ Effi sprach aus, was alle dachten.

Madame Karma presste ihre Flossen fest zusammen. Es sah ein wenig so aus, als ob sie Daumen drücken würde.

Nella wartete so angespannt auf das Ergebnis, dass sie sich gar nicht traute, mit den Augen zu blinzeln. Schließlich könnte sie dabei ja irgendetwas verpassen.

„Ich sehe gar nichts!“, meldete sich der Vampirtintenfisch ungeduldig zu Wort. „Mir scheint, ich hätte das Tintensüppchen auch sofort ganz leer trinken können.“ Er rülpste trotzig.

„Schüttle das Blatt doch mal!“, schlug Madame Karma vor. „Vielleicht ist die Sandschicht zu dick.“

Das leuchtete Nella ein. Sie ergriff den Brief an den oberen zwei Ecken und schwenkte ihn vorsichtig hin und her. Wie durch Zauberhand tauchten plötzlich weiße Buchstaben auf dem dunklen Hintergrund auf.

„Es funktioniert!“, jubelte Effi und schnellte vor Freude in die Höhe.

Nella räusperte sich heftig. Atemlos begann sie folgenden Text laut vorzulesen:

Mein süßes, kleines Apfelbäckchen!

Jetzt bist du schon zehn Jahre alt.

Viele sternenlose Nächte in der Untiefe sind vergangen, seit ich dich zuletzt in meinen Ar-

men gehalten habe. Der böse Graue König hat mich entführt und hält mich in seinem grässlichen Eispalast gefangen. Zum Glück habe ich auch als Gefangene treue Freunde gefunden.

Ein tapferer Eisfisch wird diesen Brief zu dir bringen. Er hat mir immer von deinen Abenteuern berichtet und dass du große Angst vor Frau Pataria hast.

Wie du weißt, ist sie meine Stiefschwester. Du brauchst dich also nicht vor ihr zu fürchten und kannst ihr alles anvertrauen, was dich bekümmert, auch wenn sie manchmal streng ist.

Mein geliebtes Kind, die Zeit drängt. Der Graue König droht, mich für immer in einen schwarzen Korallenbaum zu verwandeln. Nur du kannst mich befreien.

Schleiche dich heimlich aus dem Muschelschloss und warte einfach ab. Jemand, der mein Vertrauen hat, wird sich mit dir in Verbindung setzen und dir sagen, was zu tun ist.

Deine traurige Mama,
die dich sehr vermisst

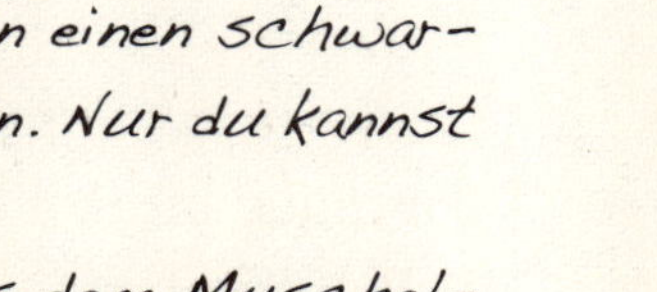

„Mama!“, schluchzte Nella laut auf. „Ich habe immer gespürt, dass der Graue König sie gefangen hält. Ich muss sofort los und sie befreien.“ Sie drückte Effi den Brief in die Hand und schwamm zur Tür.

„Halt!“ Plötzlich stand der Wassermann mit ausgebreiteten Armen vor ihr und versperrte ihr den Weg. „Dieser Brief ist eine Falle“, sagte er ernst. „Ich habe es von Anfang an gewusst. Deshalb war ich vorhin auch so unfreundlich zu dir. Es tut mir wirklich leid, Nella, wenn ich dich gekränkt habe.“

Nella funkelte Aquarius Grünbart böse an. „Lassen Sie mich vorbei. Meine Mutter braucht meine Hilfe. Und mit Ihnen rede ich sowieso nie mehr“, sagte sie mit zitternder Stimme. „Ich bin ja nur ein dummes Meermädchen.“

Der Wassermann sah Nella mit einem zärtlichen Blick an und schloss sie fest in seine Arme. „Nella, bitte glaube mir. Diesen seltsamen Brief hat auf keinen Fall deine Mutter geschrieben. Ich kenne Lorelai schon, seit wir klein waren. Sie würde dich niemals in Lebensgefahr bringen. Lieber würde sie selbst sterben.“

Nella boxte mit beiden Fäusten gegen die Brust

des Wassermanns. „Ich hasse Sie, Sie blöder Wassermann, meine Mama wird nicht sterben, auf keinen Fall. Denn ich werde sie vorher befreien. Und Sie sind sowieso nur neidisch, weil sie meinen Papa lieber hat als Sie." Sie begann heftig zu weinen und schlug die Hände vor ihr Gesicht.

Aquarius Grünbart ließ Nella abrupt los. Man sah ihm an, dass ihr letzter Satz ihn mitten ins Herz getroffen hatte. „So ein Chaos", sagte er schockiert. Er drehte sich zu Doktor Achilles um. „Was können wir denn nur tun, um sie zu überzeugen?"

Der Doktorfisch schüttelte ratlos den Kopf. „Ich glaube nicht, dass ich die geeignete Medizin für so einen schlimmen Kummer habe." Er guckte Madame Karma Hilfe suchend an. Sie hatte eigentlich immer eine Idee.

Aber das Flügelross machte plötzlich ein ganz verschlossenes Gesicht. „Und wenn der Brief doch echt wäre?", fragte es gedankenvoll. „Vielleicht ist Nella tatsächlich die Einzige, die Lorelais Leben retten kann."

Nella schniefte laut auf und ließ die Hände sinken. Sie hatte plötzlich einen sehr entschlossenen Blick. „Genau", sagte sie trotzig. „Und ich lasse mich von keiner Schuppe mehr davon abhalten, das herauszufinden. Und jetzt muss ich zur Fechthalle schwimmen, damit Señor Nigri nicht schimpft.“

6

Nicht nur Säbel können rasseln

Die neue Fechthalle war erst vor Kurzem fertig gebaut worden und bestand ganz aus silbernen Pfahlmuscheln. Nach Abschluss der Bauarbeiten hatten sie Hunderte von Putzerfischen blitzblank poliert und nun war sie ein echtes Schmuckstück des Internats.

Sie war so groß, dass mehrere Mädchen gleichzeitig trainieren konnten, ohne sich auf die Schwanzflossen zu treten. Besonders ihr Sportlehrer Señor Nigri war darüber sehr glücklich. Er hatte nun endlich Platz für seine kostbare Schwertsammlung.

Die Fechtwerkzeuge stammten von verstorbenen Schwertfischen und waren alle Einzelstücke. Es lag in der Natur der Schwertfische, unheimlich stolz auf ihre scharfen Mäuler zu sein. Daher waren sie sehr dafür, dass ihre Knochen auch nach ihrem Ableben noch sinnvoll genutzt wurden und vererbten sie dem Internat.

Señor Nigri, selbst ein Fächerfisch mit scharfen Flossen, hielt sie in Ehren und benutzte sie, um den Meermädchen Selbstverteidigung beizubringen. Die Unterwasserwelt war schließlich gefährlich geworden, seit der Graue König sein wahres Gesicht gezeigt hatte.

Nella paddelte in Höchstgeschwindigkeit mit Effi über den Schulhof in die neue Fechthalle. Über ihre Lippen, die sie fest aufeinandergepresst hatte, kam kein einziges Wort. Effi sah ihre Freundin immer wieder verstohlen von der Seite an und holte Luft, als ob sie etwas sagen wollte. Aber Nella guckte so grimmig, dass sie sich anscheinend nicht recht traute.

Auf halbem Weg kam ihnen Dafne entgegengeschwommen. „Schulschwänzer, Schulschwänzer!“, lästerte sie. „Haben Königliche Hoheit heute etwa verschlafen?“

Dafne konnte es manchmal immer noch nicht lassen, Nella wegen ihrer Herkunft aufzuziehen. Sie machte einen gezierten Hofknicks vor Nella und stolperte dabei versehentlich mit der Schwanzflosse über einen Haufen zusammengefegter Stabmuscheln. Prompt verlor sie das Gleichgewicht, plumpste vornüber in Nellas Arme und riss diese fröhlich kreischend mit sich auf eine Austernbank.

Die beiden Freundinnen lagen wie zwei gestrandete Krabben aufeinander.

Gegen ihren Willen musste Nella loslachen. „Benimm dich, du missratene Untertanin“, schimpfte sie. „Sonst stecke ich dich in einen finsteren Kerker mit Spinnen, die dich so lange unter deiner Flossenspitze kitzeln, bis du um Gnade winselst.“

Dafne kicherte. „Das hört sich wirklich sehr gemütlich an. Von mir aus gerne.“ Sie sprang auf und schüttelte ihre Schwanzflosse, die durch den Sturz voller Muschelstaub war. „Aber jetzt mal im Ernst: Wo seid ihr denn in Muschelkunde gewesen? Frau Süßlippe war ganz enttäuscht, dass ihre Lieblingsschülerin Nella nicht dabei war, als sie ihre neuen Schätze auspackte."

Nella zog die Nase kraus. Ihr ging Frau Süßlippe mit ihrer Leidenschaft für Muscheln aller Art häufig ziemlich auf die Nerven. Beinahe jede Woche schleppte der arme Postfisch Herr Kubus eine neue schwere Lieferung herbei. Danach musste er sich meistens von Doktor Achilles massieren lassen, damit er mit seinen krachenden Gräten überhaupt weiterschwimmen konnte.

Wenn ihr die Muschelberge über den Kopf wuchsen, bestellte Frau Süßlippe Schülerinnen zu sich in ihre privaten Gemächer. Diese mussten dann dabei helfen, Dutzende Vasenschwämme, die randvoll mit Muscheln und Perlen waren, zu sortieren. Da niemand außer Frau Süßlippe die vielen Muschel- und Perlenarten, die es gab, wirklich auseinanderhalten konnte, war das eine höchst langweilige und mühsame Arbeit.

„Stell dir vor, der Vampirtintenfisch hat einen der geklauten Briefe gefunden und der kam von Nellas Mama. Sie ist in schrecklicher Gefahr. Der Brief war mit Geheimtinte geschrieben und Madame Karma hat rausgekriegt, wie man ihn lesen kann."

Dafne machte riesengroße Augen. „Waaas? Warum kriegt Nella plötzlich Post von ihrer Mama? Und wieso ist Madame Karma wieder da und ich erfahre wieder mal als Letzte davon? Sie ist doch mit ihrer Wandermuschel auf großer Fahrt! Das riecht echt nach faulem Muschelschleim." Sie guckte misstrauisch.

Wenn Dafne wegen irgendetwas eingeschnappt war, konnte sie richtig zickig werden.

„Juchuh, Dafne! Deine Freundinnen sind genauso überrascht gewesen wie du. Ich dachte, ich schau einfach mal wieder vorbei. Und wie es scheint, bin ich gerade richtig gekommen. Hier geht ja alles drunter und drüber!" Madame Karma kurvte soeben mit Schwung um die Ecke. Sie hatte den letzten Satz aufgeschnappt und paddelte fröhlich um Dafne herum.

Dafne begann zu strahlen. Genau wie Nella und die anderen Meermädchen hatte sie die quirlige Madame Karma total in ihr Herz geschlossen und war sehr traurig gewesen, als sie einfach wieder verschwunden war. Aber Madame Karma hielt es einfach nicht lange an einem Ort aus und musste immer wieder mal weiterwandern.

Der Fächerfisch Señor Nigri wartete schon ungeduldig auf seine Schülerinnen. Er hatte neue Säbel für den Unterricht bekommen und brannte darauf, sie mit ihnen auszuprobieren.

„Señoritas, Señoritas, betrachtet diese wunderbaren Schwertmäuler“, schwärmte er und schwenkte freudig seine Rückenflosse. „So lange, gut gewachsene Exemplare habe ich schon seit geraumer Zeit nicht mehr gesehen. Fantastico!“

Die Meermädchen staunten pflichtbewusst. Aber der Fächerfisch hatte Recht. Die neuen Schwerter waren doppelt so lang wie die alten und schnurgerade gewachsen. Ihre Farbe war dunkelgrau und die Schneiden sahen besonders schmal aus.

Nella ergriff einen Säbel und übte damit eine Fechtbewegung. „Super!“, rief sie überrascht. „Die liegen prima in der Hand. Viel besser als diese alten, schweren Knochen.“ Sie übersah den empörten Blick ihres Fechtlehrers absichtlich. Stattdessen warf sie Effi einen zweiten Säbel zu. „Probier mal, macht echt Spaß!“

Señor Nigri vergaß offensichtlich, empört zu sein, tänzelte entzückt um die zwei Meermädchen herum und gab Anweisungen. „Perfecto. En garde. Großartig. Ihr macht wirklich sehr große Fortschritte, vor allem la princesa. Wir müssen unbedingt wieder einmal ein Turnier mit den Wasserjungen veranstalten. Diesen Vorschlag werde ich der Schulleiterin gleich nachher beim Mittagessen unterbreiten. Es gibt heute Schlangenkopfeintopf, da ist sie immer gut gelaunt."

Er drehte sich elegant um seine eigenen schwarzen Flossen. „Mira aqui, schaut her, ihr müsst den Gegner verwirren, bevor ihr angreift und dann ganz plötzlich mit eurem Schwert in die Enge treiben. Und los und schwimm und los und schwimm und los und schwimm …"

Dafne schnappte sich, angesteckt durch Señor Nigris Begeisterung, ebenfalls einen Säbel, drängelte Effi beiseite und forderte Nella zu einem Zweikampf heraus. „Komm, Nella!", jubelte sie begeistert. „Wir üben jetzt ganz doll und dann kraulen wir los und befreien deine Mama aus den Fängen dieses miesen Grauen Königs." Sie fuchtelte mit dem Säbel wild in der Luft herum.

Nella ließ schlagartig ihren Säbel sinken und starrte Dafne verdattert an. „Woher weißt du, dass der Graue König meine Mama gefangen hält?"

Dafne stieß ihren Säbel mit einem übermütigen Triumphschrei in einen der herumstehenden

Vasenschwämme. Sie dienten den Meermädchen dazu, zielen zu lernen. „Hab dich!“, brüllte sie. „Du bist jetzt mein Gefangener, du blöder Grauer König.“ Sie wirbelte herum und hechtete auf Nella zu. „Trau dich, du feige Schnecke. Oder gehen deine Schuppen vor Angst bereits auf Packeis?“

Nella stand immer noch regungslos da und starrte Dafne verwundert an.

„Hab ich was verpasst?“, fragte Dafne verblüfft. „Du guckst wie ein Eisfisch, der sich in die Südsee verirrt hat.“

„Ich habe dich etwas gefragt“, wiederholte Nella gereizt.

„Häh?“, erwiderte Dafne und ließ den Säbel sinken.

„Wieso sagst du, dass der Graue König meine Mutter gefangen hält?“, bohrte Nella nach.

Dafne zuckte mit den Schultern. „Weiß ich doch nicht, wo deine Mutter ist. Aber irgendwie ist doch schon lange klar, dass der Graue König seine Flossen im Spiel hat. Du bist echt total hysterisch, wenn es um deine Mutter geht. Von meiner weiß ich wenigstens, dass sie nicht mehr lebt. Da muss ich mich nicht mehr aufregen.“ Sie drehte sich weg.

Nella holte tief Luft. Ihre Haut kribbelte überall. So musste es sich anfühlen, wenn man den Spinnenumhang von Frau Pataria trug, dachte sie unwillkürlich. Dafnes Mutter war im Korallenlabyrinth ums Leben gekommen. Manchmal vergaß Nella einfach, wie schrecklich das für Dafne sein musste. „Es tut mir leid!“, sagte sie kleinlaut.

Dafne fuhr herum und funkelte Nella böse an. „Sei einfach vorsichtiger mit dem, was du zu anderen sagst – *Prinzessin Pimpinella*.“ Ihre Augen färbten sich plötzlich so hell wie Eiskristalle.

Nella holte tief Luft und wiederholte: „Es tut mir ehrlich leid, Dafne.“

Dafne gab ihr keine Antwort. Sie warf ihren Säbel wütend in den Muschelsand und schwamm einfach davon.

7

Quallenagenten auf Zack

Nella flüchtete aus der Fechthalle nach draußen ins frische Wasser. Tausend wirre Gedanken gingen ihr durch den Kopf.

Dafne und sie hatten sich schon öfter wegen ihrer Mütter gestritten. Nella tat das Herz weh. Sie hatte ihrer Freundin so viel zu verdanken.

Ohne Dafnes Auftauchen auf dem Anleger des

Leuchtturms hätte Nella niemals in das Muschelschloss gefunden und neue Hoffnung geschöpft, ihre Mutter wiederzufinden. Dafnes Mutter war tot. Aber Nellas Mama lebte und brauchte ihre Hilfe.

Eine Tür im Turm fiel ins Schloss.

Kleine Wellen trugen den Schall bis nach unten auf den Hof und schwappten gegen Nellas Schwanzflosse. Eilig verbarg sie sich hinter der nächstbesten Muschelbank. Sie ahnte, dass Señor Nigri bereits Alarm geschlagen hatte, weil sie einfach davongeschwommen war. Sicher hatte er einen Putzerfisch zu Herrn Grünbart geschickt, um ihn zu alarmieren. Der Fächerfisch war immer sehr korrekt. Außerdem mochte er die Meerprinzessin besonders gerne. Bald würde das halbe Internat nach ihr suchen.

Nella machte sich so klein wie möglich.

Sie durfte sich auf keinen Fall ausgerechnet jetzt vom Wassermann oder seinen Quallenagenten erwischen lassen. Auch wenn ihr Plan tatsächlich gefährlich war: Nella wollte unbedingt hinter das Geheimnis des Briefes kommen. Sie hatte einfach keine Lust mehr, sich von den Erwachsenen vertrösten zu lassen. Dass der Brief eine plumpe Falle war, wollte sie nicht glauben. Erst recht nicht, nachdem selbst Dafne vermutete, dass Nellas Mutter Lorelai beim Grauen König war.

Vermutlich blubberten die Fische diese Neuigkeit bereits von Maul zu Maul. Irgendwo döste immer eine neugierige Flosse herum, die geheime Nachrichten begeistert weitertrug. Niemand klatschte so gerne wie die Zunft der Fische.

Nellas Furcht, dass der Graue König ihre Mutter für immer in einen schwarzen Korallenbaum verwandeln würde, wuchs rasend schnell und legte sich wie ein engmaschiges Fischernetz um ihr Herz. Sie dachte voller Sehnsucht an ihren Freund Max. Wie gerne hätte sie ihn jetzt um Rat gefragt. Auf Max war einfach immer Verlass. Selbst als sie von einem Tag auf den anderen ins Muschelinternat gezogen war, hatte er zu ihr gehalten. Dabei hatte er damals noch vor allem, was mit Wasser zu tun hatte, ziemliche Angst gehabt.

Aber seit das Schloss umgezogen war, um die Meermädchen vor dem Grauen König zu schützen, war es schwer für Nella und Max geworden, in Kontakt zu bleiben. Herr Kubus musste inzwischen viele Tage schwimmen, um ihre Briefe hin- und herzuschaffen. Manche Briefmuscheln wurden eine leckere Mahlzeit für gefräßige Fische, bevor er sie überhaupt aufgesammelt hatte.

Nella hatte *so* auf ein Wiedersehen mit Max in den Sommerferien gehofft. Denn das Korallenriff, an dem die Meermädchen und die Wasserjungen in Muscheln zelten wollten, grenzte an eine winzige Bucht. Diese Bucht lag so gut verborgen hinter dem aufragenden Riff, dass sie selbst von den Fischern, die täglich mit ihren Booten hinaus aufs Meer ruderten, nicht beachtet wurde.

Dabei war die Bucht gar nicht so weit von dem kleinen Fischerdorf entfernt, in dem Nellas Großeltern und Max wohnten. Durch Opa Josts tolles Fernglas konnte man jedenfalls sowohl die Bucht als auch die zackigen Spitzen des Korallenriffs deutlich erkennen.

Aber dieser tolle Ferienplan war ja nun in weite Ferne gerückt. Nella seufzte. Es musste dringend etwas geschehen. Sie wagte einen mutigen Blick über die Muschelbank.

Der Wassermann hatte bereits seine Aufpasser losgeschickt, um sie zu suchen. Der Quallenagent Bobo schrie unverständliche Befehle über den Hof und drei seiner Kollegen kugelten mit wichtigen Mienen zur Pforte hinaus. Bobo nahm zur Verstärkung kurzerhand noch einen vor sich hin träumenden Lampenfisch mit.

Nella kicherte in sich hinein. Solche Dummquallen. Wofür brauchten sie denn bei ganz normalem Wasserlicht Lampen? Fehlte nur noch, dass sie einen Blindfisch als Wegweiser einsetzten.

Während Nella darüber nachdachte, wie sie die Quallenagenten austricksen konnte und welcher geheimnisvolle Freund ihrer Mutter mit ihr Kontakt aufnehmen würde, berührte etwas Kaltes ihren Rücken.

„Ahh!“ Nella fuhr erschrocken herum.

„Pschscht! Leise! Sonst kommen die Kerle zurück.“

„Haben Sie mich erschreckt!“, flüsterte Nella erleichtert.

Es war zum Glück nur Madame Karma gewesen, die sie berührt hatte. Warme Flossen hatten Fische wirklich nicht.

„Ich habe schon überall nach dir gesucht“, wisperte Madame Karma. „Alle im Schloss sind in heller Aufregung und fürchten, dass du eine Dummheit begehen wirst. Selbst eure Schulleiterin macht sich Gedanken und hat das Mittagessen um eine Stunde verschoben. Was hast du vor?“

Nella machte ein abweisendes Gesicht. „Falls Sie der Wassermann geschickt hat, können Sie ihm gleich ausrichten, dass es zwecklos ist, mich umzustimmen. Ich gehe meine Mama suchen. Alles andere ist mir egal.“ Ihr stiegen trotzige Tränen in die Augen und ihre Stimme wurde ganz brüchig vor Aufregung.

Madame Karma fächerte Nella mit ihrer Rückenflosse ein paar frische Wasserwellen ins Gesicht. „Jetzt beruhige dich doch erst einmal, mein Liebes. So durcheinander kannst du ohnehin keine Entscheidungen treffen. Wenn man schon so eine schwere Mission plant, muss man einen kühlen Kopf bewahren. Am besten, du stellst dir vor, dass du auf einem hübschen Wasserrosenfeld liegst und atmest dabei eine Weile ganz ruhig ein und wieder aus.“ Sie bewegte ihre Flossen auf und ab. „Einatmen, ausatmen, einatmen, ausatmen.“

Gegen ihren Willen musste Nella loskichern. Manchmal kamen Madame Karmas Vorschläge nicht ganz zum richtigen Zeitpunkt. Für Yogaübungen hatte sie jetzt wirklich keine Nerven. „Geht schon wieder“, sagte sie und lächelte Madame Karma überzeugend an.

Sie nahm allen Mut zusammen und schwamm

eine Flossenlänge in den Hof. Weit und breit waren keine Quallenagenten mehr zu sehen. Bestimmt hatte Bobo seine tollpatschigen Helfer bereits in alle sieben Meeresrichtungen geschickt.

Einen besseren Zeitpunkt gab es nicht.

„Auf Wiedersehen, Madame Karma. Ich muss jetzt los“, sagte Nella und robbte mithilfe ihrer Schwanzflosse bis zum Muscheltor vor.

Erleichtert hielt sie inne. Diese Hürde hatte sie schon mal geschafft. Zum Glück war das schwere Tor nur angelehnt und nicht verriegelt, wie es der Wassermann eigentlich angeordnet hatte.

„Ich komme natürlich mit!“, rief Madame Karma und folgte Nella eilig.

„Wohin denn?“, fragte Nella verdutzt.

„Zum Grauen König“, antwortete Madame Karma munter. „Ich wollte schon immer herausfinden, warum dieses Wesen so ein Miesepeter ist. Vielleicht kann ich ihn ein wenig aufheitern, damit er nicht mehr so viel Unsinn anrichtet.“

Sie spähte hinaus in die friedliche Muschellandschaft. „Warte du hier zwischen den hohen Seegrasbüschen. Oder nein, noch viel besser: Klettere in diesen Vasenschwamm. Man kann nie wissen. Darin bist du prima geschützt. Ich sause inzwischen schnell hinüber zu den Ställen und hole meine Wandermuschel. Ohne meine eigenen runden Wände bin ich nur ein halber Fisch."

Bevor Nella etwas erwidern konnte, war Madame Karma bereits auf und davon. Widerwillig befolgte sie ihren Ratschlag und quetschte sich in den ungemütlichen Vasenschwamm.

In diesen Schwämmen roch es immer extrem muffig nach gammeligem Schneckenschleim und hinterher fühlte sich ihre Schwanzflosse sicher wieder tagelang klebrig an. Selbst Hydra weigerte sich, Vasenschwämme als Schlafplatz anzunehmen. Sie mochte nur Körbchen, die aus frischem Seegras geflochten waren.

Nella hatte sich allerdings keine Sekunde zu früh für ihr ungemütliches Versteck entschieden. Aquarius Grünbart jagte mit seiner schwarzen Austernkutsche wie von einem Rotfeuerfisch gebissen aus dem Schloss. Er steuerte die Kutsche haarscharf an dem Vasenschwamm vorbei.

„Puh, das war knapp", stöhnte Nella. Vor Schreck hatte sie ganz heiße Ohren bekommen.

Unter die scharfen Zacken einer Austernkutsche zu kommen, war genauso gefährlich, wie von einem Auto *oben* überfahren zu werden. Auch wagte sie gar nicht, sich vorzustellen, was passiert wäre, wenn er sie entdeckt hätte. Dann wäre ihr schöner Plan dahin gewesen.

„Da bin ich!“, rief Madame Karma in diesem Moment fröhlich. „Von mir aus kann das Abenteuer beginnen.“

Nella blieb die Spucke weg. Es gab wahrscheinlich keinen anderen Fisch, der so optimistisch war wie Madame Karma. Sie schien das Durcheinander richtig zu genießen.

Aber wer weiß. Vielleicht war es gar nicht so schlecht, der Gefahr genau so wie Madame Karma einfach frech ins Gesicht zu blubbern.

8

Ein Kugelbusch mit Maul

Madame Karma hüpfte vergnügt in ihre Wandermuschel und schaukelte los.

Die Muschel glitt mühelos durch das ruhige Wasser. Nella schwamm zufrieden neben ihr her. Jetzt, da sie endlich unterwegs waren, fühlte sie sich gleich besser. „Den Mutigen gehört die Welt“, jubelte sie einem Zebrafisch zu, der übermütig Kapriolen um eine Wasserrose machte. Dieser Lieblingsspruch von Opa Jost schien ihr gerade perfekt zu passen.

Sie ließen das Schloss hinter sich, ohne dass ihnen irgendjemand aus dem Internat in die Quere kam. Von den Aufpassern, die in den letzten Wochen um das Schloss gekreist waren, keine Spur. Vermutlich waren bereits alle auf Bobos Anweisung ausgeschwirrt, um sie zu suchen. Ein Glück, dass der oberste Chef der Internatspolizei so ein Dummkopf ist, dachte Nella.

Sie überquerten die duftenden Wasserrosenfelder. Diese standen in voller Blüte und leuchteten knallrosa.

„Herkules!“, rief Nella aus. „Ich habe ja ganz vergessen, meinem Herkules Auf Wiedersehen zu sagen.“ Am liebsten wäre sie umgekehrt, aber sie durften keine Zeit mehr verlieren. Der Brief ihrer Mutter brannte in ihrem Flossentäschchen wie Feuer und erinnerte sie daran, dass diese dringend ihre Hilfe brauchte.

„Warum hast du das Seepferdchen eigentlich nicht mitgenommen?“, fragte Madame Karma. „Auf deiner eigenen Flosse wirst du doch viel schneller müde. In meine gemütliche Wandermuschel passt du ja leider nicht hinein. Schade eigentlich.“ Sie kicherte.

„Ich wollte Herkules nicht unnötig beunruhigen“, erklärte Nella ihrer früheren Lehrerin. „Es war einige Male ganz schön brenzlig für ihn. Seit der Rotfeuerfisch Herkules so schwer verletzt hat, wird er total panisch, wenn er Gefahr wittert. Zwar ist er das Seepferdchen meiner Mama, aber genau aus diesem Grund muss ich besonders gut auf ihn aufpassen.“

Madame Karma nickte zustimmend. „Das kann ich gut verstehen. Aber trotzdem tut dir bestimmt bald die Flosse weh. In welche Richtung düsen wir denn überhaupt? Wir erreichen bald das Tal der blauen Seesterne. Dort ist es ziemlich kalt und ungemütlich. Deshalb schlage ich vor, dass wir einen kleinen Bogen durch die Felsen schwimmen. Ich kenne einen Weg, der uns hindurchführt.“

Nella bremste abrupt.

Madame Karmas Frage war natürlich berechtigt. Über ihr genaues Ziel hatte Nella sich noch gar keine Gedanken gemacht. Und eigentlich kannte sie es ja auch gar nicht. Schließlich stand nirgends ein Muschelschild herum, in das *Zum Grauen König* eingekratzt war.

An die blauen Seesterne erinnerte sich Nella aber noch allzu gut. Allerdings war es, als sie dem Tal einen Besuch abgestattet hatte, dort eher zu heiß gewesen. Denn die Seesterne hatten in Flammen gestanden und nach ihr gegriffen.

„Ein Freund meiner Mama wird Kontakt mit mir aufnehmen“, wiederholte sie eine Stelle aus dem Brief. „Aber ich habe keine Ahnung, wer. Ich dachte, bis dieser Freund auftaucht, schwimmen wir einfach drauflos.“ Sie versuchte, das Unbehagen, das sie plötzlich überfiel, vor dem Flügelross zu verbergen.

„Na, das wird ja eine Überraschung.“ Madame Karma schmunzelte. „Fast wie zum Geburtstag.“

Nella lachte. Madame Karma schaffte es wirklich, an allem etwas Positives zu finden. Plötzlich war sie unheimlich dankbar, dass sie mitgekommen war. Sie paddelte weiter und beobachtete Madame Karma, wie sie mit überkreuzten Flossen in ihrer Wandermuschel saß und sich von den Unterwasserwellen dahintreiben ließ.

„Guck mal, Nella!“, rief Madame Karma wenig später. „Was rollt uns denn da für eine ulkige Pflanze entgegen? Scheint eine Art Wanderbusch zu sein. Oder ein riesiger Kugelfisch, der Tang angesetzt hat.“ Sie lenkte ihre Muschel haarscharf an dem Ding vorbei.

Im selben Augenblick prallte Nella gegen den Wanderbusch, der eine ziemlich stachelige Oberfläche hatte.

„Aua!“ Sie wischte sich ein paar Blätter aus dem Gesicht und schwamm erbost um die Kugel herum. „So etwas habe ich ja noch nie gesehen. Am besten, wir machen, dass wir wegkommen. Wer weiß, was das Meer in dieser Gegend sonst noch für Überraschungen für uns parat hält.“

Nella gab Madame Karmas Fahrzeug einen Schubs, damit sie schneller schaukelte. Das Flügelross quietschte, weil die Wandermuschel ein paar waghalsige Überschläge machte.

„Guck dich mal unauffällig um“, rief sie in voller Fahrt. „Diese Kugel macht kehrt und folgt uns!“

Nella erschrak. Ängstlich drehte sie den Kopf.

Sie traute ihren Augen nicht. Das Ding rollte deutlich schneller werdend auf sie zu. Gleich würde es Nella und Madame Karma eingeholt haben.

Was hatte dieser unheimliche Busch mit ihnen vor? Nun bewegte sich auch noch seine giftgrüne Pflanzenoberfläche. Nella glaubte sogar,

einen breiten zahnlosen Mund zu erkennen, der sich langsam öffnete. Zu Hilfe! Wollte dieses Pflanzenmonster sie etwa verschlingen?

„Wir müssen uns verstecken!“, rief Nella panisch. „Der Kugelbusch will uns auffressen.“

Madame Karma stieß einen Schrei aus. „Nein! Wie unglaublich aufregend. Schnell hinüber zu dem schwarzen Felsen! Dort gibt es eine winzige Öffnung, in die passen wir beide hinein. Du musst nur deine Schwanzflosse zusammenfalten.“ Sie schwamm eilig voraus und wies Nella den kürzesten Weg.

Kaum war Nella in den schützenden Zwischenraum gehechtet, erreichte der rollende Wanderbusch, der nichts anderes als ein hungriges Tier zu sein schien, das auf Futtersuche war, die Felsen.

Er riss sein Maul sperrangelweit auf, sodass Nella tief in sein Inneres gucken konnte. Angstvoll starrte das Meermädchen in den tiefen Schlund.

„Das ist kein Raubfisch, das ist eine Muschel!“, sagte Madame Karma überzeugt. „Guck mal genau hin. Da drinnen könnte man sich richtig gemütlich einrichten. Doktor Achilles sucht doch dringend eine schöne Wohnung, in der er seine ganzen Vasenschwämme unterbringen kann.“

Madame Karma hatte wirklich die Ruhe weg. Über Doktor Achilles' Wohnungsnöte machte sich Nella gerade wirklich keine Gedanken. „Aber das ist eine fleischfressende Muschel, oder?", sagte sie zitternd. „Frisst die auch uns?" Nella hatte von ihrem Papa gehört, dass es in den Untiefen solche geheimnisvollen Raubmuscheln geben sollte.

„Glaube ich nicht", antwortete Madame Karma. „Die sieht eher nach einer harmlosen Pflanzenfresserin aus. Sie hat doch gar keine Zähne. Ich schau mir das *Monster* mal genauer an." Vorwitzig schwamm das Flügelross aus der Höhle heraus, um genauer gucken zu können.

„Kommen Sie aber gleich wieder zurück, Madame Karma!", rief Nella. Sie machte sich große Sorgen um die leichtsinnige Lehrerin. Ihr selbst jagte das grüne Ding furchtbare Angst ein, obwohl sie so tief im Felsen ja erst einmal sicher war.

Erschöpft ließ sie sich auf den Boden sinken und schlug die Hände vor das Gesicht. Vielleicht hatte der Wassermann ja doch Recht gehabt. Sie schaffte es einfach nicht alleine.

„Hallo, Nella!", sagte im selben Moment jemand direkt hinter ihr.

Diese Stimme kannte Nella. Ein Schauer fuhr

über ihre Flosse. Sie spürte jede einzelne Schuppe zu Berge stehen.

„Otis!“, rief sie und fuhr herum. Sie starrte ihn fassungslos an. „Wo kommst du denn her?“ Sie hielt nach dem ungezogenen Katzenhai Ausschau, auf dem er normalerweise die Wasserwelt unsicher machte.

Otis lächelte. Dabei zeigte er seine kleinen gefährlichen Zähne, die dem Gebiss eines Katzenhais so unheimlich ähnlich waren. „Ich bin heute mit meiner supertollen Privatmuschel unterwegs“, sagte er und zeigte nach draußen auf den wandernden Busch. „Tolle Tarnung, oder? Scheint dir ja wirklich einen gehörigen Schrecken eingejagt zu haben.“

Er freute sich ganz offensichtlich über Nellas Angst und war deshalb richtig gesprächig. „Endlich haben wir mal Zeit, miteinander zu quatschen, ohne von dem albernen Nick gestört zu werden. Ich weiß gar nicht, was du an ihm und seinem blöden Delfin Peng so toll findest. Die beiden sind doch die totalen Langweiler“, sagte er vorwurfsvoll. „Warum machst du nicht mal einen Ausflug mit mir? Katzenhaie sind genauso schnell wie Delfine, aber viel bissiger. Ich verspreche dir, das kann

richtig lustig sein. Sie schnappen nach allem, was ihnen vor das Maul kommt."

Mit jeder Silbe, die Otis zwischen seinen Zähnen herausquetschte, wurde Nella wütender. Trotzdem widersprach sie ihm lieber nicht. Otis war gefährlich, das wusste Nella spätestens, seit herausgekommen war, dass sein Vater mit dem Grauen König gemeinsame Sache machte. Dass sie lieber mit Nick und den anderen Wasserjungen zusammen war, schien Otis allerdings ernsthaft gekränkt zu haben.

„Und weshalb bist du ausgerechnet hier mit deiner neuen Muschel unterwegs?", fragte sie so harmlos wie möglich. „Ein echter Zufall, dass wir uns getroffen haben."

Otis lachte lauthals. „Zufall würde ich das nicht nennen. Ich bin bereits den ganzen Morgen auf der Suche nach dir, Nella!" Er kicherte. „Und damit du mir vor Angst nicht gleich davonpaddelst, habe ich dich in dieses Felsenloch gelockt. Schlau von mir, oder?"

Nella wurde eiskalt. Sie drückte ihre Handflächen auf den Boden, um nicht auf der Stelle vor Angst umzukippen. „Wieso hast du das gemacht?", fragte sie heiser. „Was willst du denn von mir?"

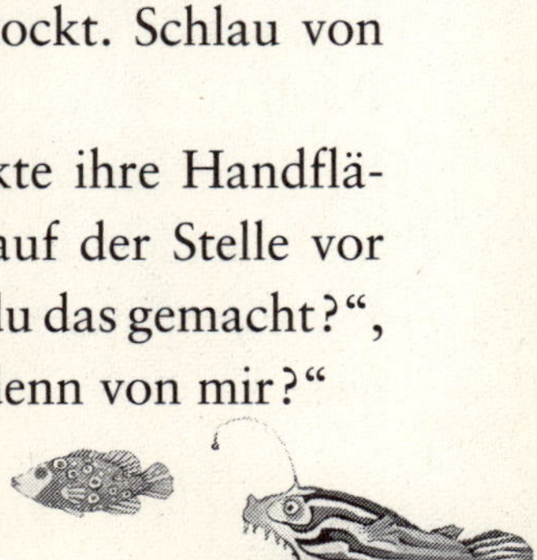

Ihr fiel auf, dass Otis' Augen so schmal wie Schlitze waren. Seine Pupillen blitzten gefährlich. Seine Ähnlichkeit mit einem Katzenhai war wirklich unverkennbar.

„*Du* willst etwas von *mir*", sagte er mit Nachdruck und guckte selbstgefällig in Nellas verblüfftes Gesicht. „Ich habe eine Botschaft von deiner Mutter für dich", fuhr er so leise fort, dass sie ihn kaum verstand. „Diese Botschaft hat mit dem Brief zu tun, den du bekommen hast. Ich kann dich in meiner Muschel zu deiner Mutter bringen, wenn du mir vertraust."

Otis' Worte trafen Nella wie ein Donnerschlag. Sie hatte das Gefühl, in der nächsten Sekunde losheulen zu müssen. War Otis der heimliche Verbündete ihrer Mama? Das konnte nicht wahr sein. „Ich … ich glaube dir … kein Wort", stammelte sie. „Du lügst mich bestimmt an."

Otis sah Nella finster an. „Ein zweites Mal lade ich dich nicht in meine schöne Muschel ein. Dann wird der Graue König deine Mutter eben in einen schwarzen Korallenbaum verwandeln und du allein bist schuld daran." Er lachte gehässig und schickte sich an, die Felsenhöhle zu verlassen.

In Nellas Kopf wirbelten die Gedanken herum wie in einem Wasserflohnest.

Otis kannte den Inhalt des Briefes. Er wusste, dass der Graue König ihre Mutter verwandeln wollte. Egal ob gut oder böse. Sie musste es einfach wagen. Der Katzenhai-Junge war ihre einzige Chance.

„Halt!“, flehte sie. „Warte doch auf mich, Otis. Ich komme mit.“ Sie schwamm Otis hinterher und ergriff seinen Arm.

Otis grinste siegessicher und schnippte mit den Fingern.

Die grüne Kugel klappte ihr breites Maul sperrangelweit auf.

Der Katzenhai-Junge machte eine schiefe Verbeugung. „Bitte nach Ihnen, Eure Königliche Hoheit“, sagte er spöttisch.

Mit klopfendem Herzen paddelte Nella in die Riesenmuschel hinein.

Plötzlich schaukelte Madame Karma an ihr vorbei. „Hoppla!“, rief sie. „Ohne mich geht ja nun mal gar nichts.“

Otis zog verdutzt die linke Augenbraue hoch. Man sah ihm an, dass ihm das Flügelross ungelegen kam.

Madame Karma machte es sich neben Nella

gemütlich und fächerte ihr ein paar ermutigende Wellen zu.

Das Muschelmaul schloss sich langsam und es wurde dunkel.

„Und Abfahrt", befahl Otis wie der Kapitän eines Schiffes.

Kurz bevor die Muschel gänzlich zuklappte, schlängelte sich ein gestreiftes Ding herein und verschwand in der hintersten Ecke.

„Hydra!" Nella schlug sich überrascht mit der Hand auf den Mund. Der Katzenhai-Junge musste nicht mitbekommen, dass im letzten Augenblick auch noch ihre Leibwächterin mit an Bord gekommen war.

Otis sah sie verwundert an.

Nella schüttelte hastig den Kopf. „Alles prima."

Im selben Moment rollte die Muschel ohne Vorwarnung los und Nella wurde quer durch das Muschelinnere gewirbelt. Die plötzliche Geschwindigkeit zusammen mit der immer stärker werdenden Gewissheit, dass sie nun endlich ihre Mutter sehen würde, waren zu viel für das Meermädchen. Es wurde auf einen Schlag ohnmächtig.

9

Gefangen im Eispalast

Nella wusste nicht genau, wie lange sie bewusstlos gewesen war.

Sie erwachte davon, dass es sie vor Kälte schüttelte. Es kostete sie einige Mühe, ihre Augen zu öffnen, weil sich an ihren Wimpern dichte Eiskristalle gebildet hatten. Die musste sie erst einmal wegwischen. Scheu guckte sie sich um. Sie hatte nicht die leiseste Ahnung, wo sie sich befand.

„Hallo, ist da jemand?“, rief sie zaghaft.

Sie erwartete, dass Otis jeden Moment hinter einer Ecke hervorspringen würde, um sie weiter zu triezen. Sie fand es grässlich, wie der Katzenhai-Junge es genossen hatte, über sie zu bestimmen. Sie hatte nur gute Miene gemacht, weil er ihr versprochen hatte, sie zu ihrer Mama zu bringen. Dieser Plan war höchst gefährlich und es konnte noch eine Menge dabei schiefgehen. Schließlich hielt der Graue König Lorelai bereits jahrelang gefangen.

Nella fand es komisch, dass Otis sie hier mutterseelenallein zurückließ. Auch die Wandermuschel von Madame Karma und ihre Seeschlange Hydra entdeckte sie nirgends. So vollkommen auf sich gestellt zu sein war ganz schön unheimlich.

Nella streckte sich. Ihre Knochen schmerzten, als hätte sie eine halbe Ewigkeit verschlafen. Ihre Schwanzflosse fühlte sich so taub an, als ob sie nicht zu ihr gehörte. Sie wackelte vorsichtig mit den Flossenspitzen. Das tat höllisch weh, so wie eingefrorene Zehen im Winter.

Verrückter Schneckenmist. Hier ging doch irgendwas nicht mit rechten Dingen zu. Nella versuchte sich zu erinnern, was passiert war. Wo war der stachelige Muschelbusch geblieben? Außer dass sie wie eine Spiralschnecke darin herumgeschleudert worden war, wusste sie gar nichts mehr.

Ihr Gefühl sagte ihr, dass sie immer noch *unten*, auf dem Meeresgrund, war. Auch wenn um sie herum eisiger Nebel waberte. Sie hatte das Gefühl, das Wasser rings um sie herum war dabei zu gefrieren.

Wie unheimlich!

Vielleicht hat mich Otis einfach nur hierherverschleppt, weil er mich nicht leiden kann, schoss ihr ein dunkler Gedanke durch den Kopf.

Vielleicht hockt er mit seinen Katzenhai-Jungs im Nebenzimmer und sie lachen sich gerade muschelig über mich.

Sie ballte wütend die Faust und murmelte: „Na warte, dann ist aber echt was los! Das lasse ich mir nicht gefallen!“

Nella hielt das einsame Warten keine Sekunde länger aus. Sie tastete sich mit ausgestreckten Händen vorsichtig voran, um nicht auf den harten Eisboden zu plumpsen. Ihre Fingerspitzen berührten gewaltige Eiszapfen.

Und wenn doch der Graue König hinter allem

steckt?, schoss es ihr durch den Kopf. Vielleicht ist meine Mama gar nicht hier und ich stecke nun in der Falle!

Von dem vielen Nachdenken wurde ihr auf einmal ganz schummrig. Oder lag das einfach nur an der Eiseskälte und daran, dass sie seit dem Abendessen am vorigen Tag nichts mehr gegessen hatte? Ohne dass sie es verhindern konnte, fing Nella vor Angst bitterlich an zu weinen.

Doch die Tränen, die aus ihren Augen schossen, gefroren sogleich zu Eisperlen. „Klack, klack, klack", machten sie, als sie auf den Boden purzelten. „Klack, klack, klack."

Nella schaute ihnen entsetzt hinterher. Sie riss sich zusammen und paddelte weiter. Die Kälte brannte auf ihrer Haut wie Feuer.

Allmählich bereute sie bitter, dass sie nicht auf Aquarius Grünbarts Warnungen gehört hatte. Ihr fiel ihr erstes Abenteuer im Korallenlabyrinth ein. Damals hatte sie sich hoffnungslos zwischen den Korallen verirrt. Ohne den Wassermann wäre die Geschichte schlecht für sie ausgegangen.

Ausgerechnet heute hatte sie ihn erfolgreich ausgetrickst. Aquarius Grünbart hatte sicher keinen blassen Schimmer, wo sich Nella aufhielt.

Nella trudelte mühsam durch das eisige Wasser. Ihre Schwanzflosse blieb immer wieder an den Eisblöcken kleben.

Die Kälte verätzte ihre Schuppen. Irgendwo musste es doch einfach einen Weg aus diesem Eisgefängnis geben.

Nella stieß mit ihrer Flosse schmerzhaft gegen ein hartes Hindernis. Gleich daneben lag auf einem Berg von Eiskristallen eine Muschelschale.

„Madame Karma!", jubelte Nella hoffnungsvoll. Der Nebel fing ihre Stimme ein und verschluckte sie.

Kein Zweifel, es handelte sich um die Wandermuschel. Allerdings war die Behausung des Flügelrosses komplett geschlossen. Nicht durch die winzigste Ritze konnte man hineinlugen.

Nella kratzte mit dem Fingernagel über die Oberfläche, presste ihren Mund gegen die Schale und flüsterte: „Ich bin es, Madame Karma. Alles okay?"

Sie hielt ihr Ohr an die Muschel und lauschte gespannt auf eine Antwort.

Vergeblich.

Nella gähnte in den kalten Nebel. Die kurze Strecke hatte sie ganz furchtbar müde gemacht. Sie

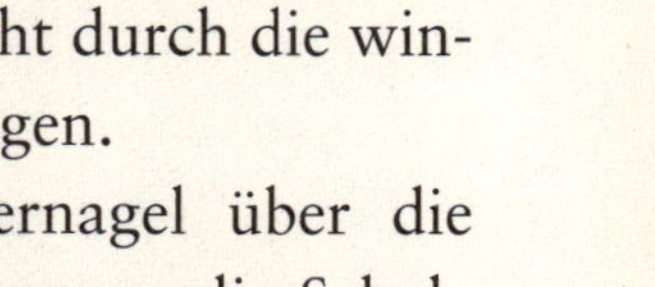

musste sich dringend ausruhen, bevor sie diesen düsteren Ort weiter erkundete. Plötzlich war sie so schläfrig, dass sie nicht einmal mehr die Eiseskälte spürte. Auch über Madame Karmas Schicksal konnte sie gerade nicht nachdenken.

Sie schleppte sich mühsam auf ein kristallenes Wasserblumenbeet, streckte sich aus und fiel sogleich in einen tiefen Schlaf.

Nella träumte einen schönen Traum.

Sie war noch klein und machte mit ihrer Mutter Lorelai einen Ausflug auf die Klippen über dem Meer. Die Sonne brannte heiß vom Himmel und Nella war total aufgeregt. Sie durfte zum ersten Mal mit Mama über die gefährlichen Felsen klettern. Quietschend hielt sie ihre Nasenspitze in den warmen Wind.

Ihre Mutter breitete ein großes Tuch auf den glatten Klippen aus. Aus einem Picknickkorb zauberte sie einen duftenden Apfelkuchen hervor. Der Kuchen war für das Geburtstagskind Nella bestimmt. Selbst die Geburtstagskerzen hatte Lorelai nicht vergessen. Es waren drei für jedes Lebensjahr. Weil Nella drei wurde, aß sie drei Stück Kuchen. Danach war sie furchtbar satt und müde. Eine lästige Möwe umkreiste sie kreischend und wollte auch etwas von dem leckeren Kuchen abhaben. Schließlich pickte sie Nella sogar in ihren nackten Arm. Nella begann vor Schreck herzzerreißend zu weinen.

„Guck mal, mein Apfelbäckchen", sagte Lorelai und rieb etwas Spucke auf die rote Stelle, um den Schmerz zu lindern. „Der Kratzer sieht ja aus wie ein kleines Seepferdchen." Sie drückte Nella fest an ihre Brust und sang ihr ein Schlaflied. „Meerjungfrauen weinen nicht, wenn ihnen auch das Herz bald bricht." Dazu schaukelte sie Nella liebevoll in ihren Armen, bis diese ganz tief eingeschlafen war.

Das Schaukeln war wirklich angenehm. Nella wünschte sich, dass es nie wieder aufhören möge. Aber irgendetwas kitzelte sie so lästig an der Nase, dass sie niesen musste. „Ha-ha-ha-tschiiiiiii!"

Nella war schlagartig hellwach. „Mama?" Sie lauschte angestrengt. Aber es war nur das leise Knacken der Eiskristalle zu hören.

Sie musste erkennen, dass alles nur ein Traum gewesen war. Trotzdem hatte sie den Gesang ihrer Mutter immer noch genau im Ohr.

Die Kälte war erträglicher als vorhin, dafür konnte sie kaum atmen.

„Hydra! Ihhhh. Was machst du denn da?“

Die Seeschlange hatte Nella anscheinend schlafend auf dem Eis gefunden und sich mehrfach um ihren Körper herumgewickelt, um sie vor dem Erfrieren zu bewahren. Denn natürlich ist es für Meerjungfrauen genau wie für Menschen lebensgefährlich, in Eiseskälte einzuschlafen.

Um Nella wach zu kriegen, hatte Hydra damit begonnen, über ihr Gesicht zu züngeln. Eigentlich ein ziemlich schlauer Einfall. Nella wackelte heftig mit ihrem Kopf, damit ihre Leibwächterin damit aufhörte. Dabei lösten sich ein paar dicke Eiszapfen klirrend aus ihren roten Locken. Von einer Schlange abgeschleckt zu werden, fand Nella ganz schön unappetitlich.

Nachdem Hydra Nella genügend aufgewärmt hatte, ging es ihr gleich viel besser. Sie konnte jetzt sogar die Spitzen ihrer Schwanzflosse normal bewegen, ohne dass diese knirschten wie Eiswürfel, die man aus dem Gefrierfach holt.

„Du kannst mich jetzt loslassen“, sagte Nella. „Ich kriege echt schlecht Luft, wenn du mich so fest zusammenquetschst.“ Seit Hydra das Muskeltraining machte, unterschätzte sie eindeutig ihre Kräfte.

Trotzdem war Nella heilfroh, dass Hydra aufgetaucht war. Jetzt fühlte sie sich nicht mehr so allein. Sie umarmte die Seeschlange wie ein liebes Kuscheltier und kraulte sie vorsichtig unter dem Maul.

„Du bist echt ein Schatz. Wo hattest du dich denn die ganze Zeit versteckt?", plapperte sie dankbar darauflos. „Na, egal. Auf dich kann man sich wirklich verlassen. Es tut mir leid, dass ich dich in der letzten Zeit so oft angemeckert habe. Ich wusste gar nicht, dass du so eine super Wärmflasche bist. Eine Minischlange wäre auch eine feine Sache für Oma Idas kalte Füße."

Seit Nella mit Hydra quatschen konnte, war ihre Angst wie verflogen. „Schade, dass du nicht sprechen kannst wie Thomas. Ich wüsste gerne, ob du bereits herausgefunden hast, wo wir hier überhaupt sind. Vielleicht hast du ja sogar meine Mama gesehen und kannst es mir nur nicht erzählen." Sie verzog ratlos den Mund. „Irgendwie werde ich das Gefühl nicht los, dass wir hier in diesem Eispalast festsitzen wie ein Fisch an Land." Nella wackelte seufzend mit ihrem Fischschwanz. „Eine echt dumme Sache."

10

Der Graue König

In den nächsten Stunden versuchte Nella vergeblich, eine Tür oder wenigstens ein kleines Schlupfloch zu finden, durch das sie das Eisgefängnis verlassen konnte. Gleichzeitig paddelte sie immer wieder wie verrückt herum, um sich wach zu halten.

Zwischendurch machte sie eine Art Tauziehen

mit ihrer Leibwächterin Hydra. Dafür schlang Hydra den oberen Teil ihres Körpers um Nellas Handgelenk, und sie zogen sich gegenseitig jeweils in ihre eigene Richtung. Manchmal ließ die Seeschlange das Meermädchen großzügig gewinnen, aber gleich darauf bewies sie Nella flugs, wie stark sie wirklich war und zog sie in Sekundenschnelle ein paar Meter hinter sich her.

Seit Hydra sie aufgewärmt hatte und das Blut wieder normal durch Nellas Adern floss, hatte sie begriffen, in welcher Lebensgefahr sie sich befand. Sie durfte auf keinen Fall erneut einschlafen. Sonst würde sie erbarmungslos erfrieren.

„Ich drehe hier echt gleich durch!", rief Nella ungeduldig, nachdem Hydra das zehnte Mal beim Tauziehen gewonnen hatte und ließ ihre Flosse wütend gegen einen Eisblock schnellen. Warten war ohnehin nicht ihre Stärke. Aber warten, wenn man gar nicht wusste, auf was oder wen, fand sie wirklich unerträglich.

„Ha-a-a-a-llo!" Nella hatte bestimmt schon hundertmal gegen die eisigen Wände gebrüllt. Aber anscheinend war sie die einzige Gefangene hier. Außer Eis gab es hier nur Eis und noch einmal Eis. Etwas anderes sah sie nicht. Weder Fische, noch

Pflanzen oder sonst irgendetwas, das darauf hinwies, dass hier Leben existieren konnte.

Nella war noch nie an so einem gruseligen Ort gewesen. Immer wieder bildeten sich neue dünne Eisschichten auf ihrer Haut, die sie abrubbeln musste, um sich nicht selbst in einen Eiszapfen zu verwandeln. Sie fand es schwierig, den Mut nicht zu verlieren. Ohne Hydra hätte sie vermutlich schon viel früher aufgegeben.

Seltsamerweise schien der Seeschlange die Kälte gar nichts auszumachen. Dabei hatte Nella im Sachkundeunterricht *oben* gelernt, dass Schlangen sich der Temperatur ihrer Umgebung anpassten. Das war zwar gefühlte hundert Jahre her, aber Nella konnte sich noch gut daran erinnern. Sie hatten damals nämlich eine süße kleine Würgeschlange in der Klasse zu Besuch gehabt, die Nella und ihre Klassenkameraden anfassen durften. Die Schlange hatte regungslos in ihrem Körbchen gelegen und sich ganz kalt angefühlt, weil Winter gewesen war. Hydra müsste also eigentlich schon längst in einen tiefen Dornröschenschlaf versunken sein, aber sie war putzmunter. Vielleicht lag es an der Spezialtinktur, mit der Doktor Achilles Hydras Haut ab und zu einrieb. Vielleicht war sie aber auch einfach eine ganz besondere Schlange.

„Ich hasse Eis“, schleuderte Nella den Wänden entgegen.

„Ich auch. Definitiv!“ Die Wandermuschel öffnete sich quietschend einen Spaltbreit und Madame Karma lugte vorsichtig heraus. Mit ihren bunten Flossen sah sie aus wie ein Klecks Farbe, der sich an den Nordpol verirrt hatte.

„Ist das ungemütlich hier!“, schimpfte sie und sah Nella vorwurfsvoll an. „Da hast du uns ja einen schönen Schneckensalat eingebrockt. Ich mag es lieber kuschelig warm wie in der Südsee. Bei einer solchen Kälte tun mir alle Schuppen weh. Außerdem habe ich viel zu lange geschlafen. Warum hast du mich nicht früher geweckt?“

Nella wusste nicht, ob sie vor Freude lachen oder weinen sollte. Sie tat beides. Schluchzend vor Erleichterung ließ sie sich vor dem Flügelross auf den Boden fallen. „Bin ich froh, dass Sie am Leben sind. Ich habe gedacht, Sie sind tot, liebe Madame Karma, weil Sie keinen Pieps mehr in Ihrer Muschel gemacht haben“, schniefte sie überglücklich. Sie konnte nicht weitersprechen und türmte erst einmal einen Berg von Eistränen vor sich auf.

„Na, na, na“, sagte Madame Karma gerührt. „So schnell lässt sich ein zähes Flügelross nicht unterkriegen. Aber ich freue mich natürlich darüber, dass mein Anblick solche Freudentränen bei dir auslöst.“ Sie betrachtete kritisch Nellas Schwanzflosse. „Was um Himmels willen ist denn mit deiner Flosse passiert? Ich fand die Farben immer besonders hübsch. Sie verliert ja ganz und gar ihre Pracht. Das steht dir gar nicht.“

Nella sah überrascht an sich herunter. Madame Karma hatte Recht. Ihre bunte Schwanzflosse sah aus, als wären ihre Farben ausgelaufen. Ratlos zuckte sie mit den Achseln. „Keine Ahnung, vielleicht von der Kälte“, sagte sie hilflos. „Um uns herum ist ja alles eisgrau. Bald sehen wir anscheinend genauso aus.“

Madame Karma schürzte nachdenklich ihre Lippen. „Das kommt mir alles sehr merkwürdig vor. Es scheint, dass Aquarius mit seiner Vermutung doch nicht ganz Unrecht hatte. Heiliger Schneckenschleim, was wird der mit mir meckern, wenn wir wieder zu Hause sind. Ich fürchte, wir sind mitten im Maul des weißen Hais gelandet. Also jedenfalls bildlich gesprochen.

Vermutlich sind wir mit dieser verrückten Kugelbuschmuschel tatsächlich auf direktem Wege in das Reich des geheimnisvollen Grauen Königs gerollt. In *seiner* Untiefe ist alles möglich. Dort steht die Welt gewissermaßen auf dem Kopf und es gelten nur seine Gesetze." Sie seufzte. „Jetzt bin ich wirklich mal gespannt, was er vorhat. Schließlich muss er doch einen Grund dafür haben, dass er so hinter dir her ist. Vielleicht hilft uns die Wahrheit einen Schritt weiter."

Nella zuckte mit den Achseln. „Wenn er sich nicht bald blicken lässt, verhungere ich vorher. Und Durst habe ich auch. Ich habe heute ja nicht einmal gefrühstückt." Sie ließ sich entnervt auf einen Eisklotz plumpsen. „Eigentlich bin ich doch nur hier, weil ich endlich meine Mama finden und sie retten will. Aber irgendwie klappt alles gar nicht so, wie ich es mir vorgestellt hatte. Der Graue König ist mir schnurzegal." Nella war mit ihrer Geduld eindeutig am Ende und fing erneut an zu weinen.

Madame Karma hüpfte aus ihrer Wandermuschel und schwamm eilig herbei. „Du bist aber in letzter Zeit wirklich nah am Wasser gebaut", sagte sie. „Es gibt für alles eine Lösung. Du musst einfach abwarten, was passiert." Sie knabberte beschwichtigend an Nellas Ohrläppchen.

Nella sprang wütend auf. „Nein, das muss ich gar nicht. Und passieren wird erst recht nichts. Ich werde meine Mama nie mehr wiedersehen. Bestimmt ist sie schon lange tot und wir sind es bald auch“, brüllte sie.

Sie schnappte sich eine Handvoll herumliegender Eisklumpen und schmetterte sie mit aller Kraft gegen die Eiswand.

Die Eisklumpen schossen durch die helle Wand, als wäre diese aus Zuckerglas.

Verblüfft hielt Nella inne.

Sie hob ein paar weitere Stücke auf und warf sie hinterher.

„Was ist das denn?“, rief sie fassungslos.

Sie nahm einen Eiszapfen und hämmerte gegen das Eis. Ohne Weiteres konnte sie mit ihrem Werkzeug ein Stück Wand herausbrechen. Es fühlte sich an wie gefrorener Puderzucker.

Eilig schnitt sie mit einem Eiszapfen ein Loch, das groß genug war, um hindurchzugelangen.

Dann kletterte sie mutig voran.

Nella stand in einer riesigen Halle, die so prunkvoll eingerichtet war wie der Thronsaal in einem Schloss. Der Fußboden bestand wie die Wände aus glasklarem Eis, sodass man sich darin hundertfach spiegelte wie in einem Spiegelkabinett auf dem Jahrmarkt.

Die zierlichen Möbel waren aus feinstem Eis geschliffen und sahen sehr edel aus. Aber am allerprächtigsten war der Thron. Er funkelte wie ein riesiger Diamant. Sein heller Glanz blendete Nella so sehr, dass sie weggucken musste, weil ihre Augen zu schmerzen begannen.

„Willkommen in meinem Reich!“, schepperte eine Stimme direkt hinter ihr.

Die Stimme hörte sich an wie zerbrochene Glasscherben, die aneinanderrieben. Zu Tode erschrocken drehte sich Nella um.

Sie traute ihren Augen nicht. Vor ihr stand der Wassermann. Mit ihm hatte sie als Letztem gerechnet. „Herr Grünbart!“, rief Nella. „Wie haben Sie uns gefunden?“ Ihr Herz hüpfte vor Freude. Ohne nachzudenken, stürzte sie sich in seine Arme.

Das Trugbild von Aquarius Grünbart verflüchtete sich und verwandelte sich in eisigen Nebel. Nella fiel ungebremst auf den Fußboden.

„Ojemine!“, schrie Madame Karma und eilte, so schnell es ihre Flossen zuließen, herbei. „Hast du dich sehr verletzt, Liebes?“, blubberte sie aufgeregt. „Was ist das denn für ein blöder Spaß?“, brüllte sie vorwurfsvoll in den Nebel. „Bei so etwas kann man sich alle Schuppen brechen!“

Aus dem Nebel ertönte boshaftes Lachen.

Nella rappelte sich stöhnend auf. Sie hatte sich bei ihrem Sturz an einem scharfen Stück Eiskristall geschnitten. Ihre Handfläche blutete.

„Ojemine!“, jammerte Madame Karma erneut. „Ich kann wirklich ganz schlecht Blut sehen. Mein armes Kind.“ Sie wandte sich ab und hielt sich die Flossen vor die Augen.

Nella wischte die Blutspuren schnell an ihrem Hemd ab. „Geht schon wieder“, sagte sie tapfer.

„Mein armes Kind“, äffte die klirrende Stimme Madame Karma spöttisch nach. „Von zu viel Blut wird mir schwindlig.“

„Ich glaube, der Typ muss mal seine Stimmbänder ölen“, schimpfte Madame Karma. Sie war anscheinend ernsthaft beleidigt. Und das kam nicht besonders häufig vor.

Anstelle einer Antwort flüchtete sich der Eisnebel kichernd auf seinen Thron. Das Geräusch ähnelte dem von Kreide, die über eine glatte Tafelwand kratzt.

Nella steckte sich genervt die Finger in die Ohren. „Aufhören!“

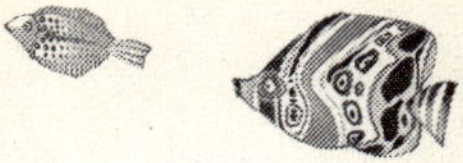

Irgendwie hatte sie sich den Grauen König ganz anders vorgestellt. Eher wie ein grässliches Riesenkrakenmonster mit glühenden Augen oder wie einen schwarzen Dinosaurierhai mit furchtbaren Zähnen, der alles zermalmte, was ihm vor das Maul schwamm. Im Muschelschloss ging sogar das Gerücht um, dass der Graue König halb Krake und halb Wassermann sei. Eine ziemlich abstoßende Vorstellung.

Aber in Wirklichkeit erschien der Graue König ihr eher wie ein nörgeliges Kind, mit dem niemand spielen wollte, weil es allen auf die Nerven ging. Nella konnte nicht glauben, dass dieser wabernde Eisnebel so bösartig war, dass er die Sieben Meere in Angst und Schrecken versetzen konnte.

„Hör mal, Pimpinella Ozeana Filomena Petersilie Seestern“, sprach der Graue König sie mit vollem Namen an. Anscheinend wusste er wirklich gut über sie Bescheid. „Ich habe eine tolle Idee. Du machst doch so gerne Tauziehen. Wie wäre es denn mit einem ähnlichen Wettkampf zwischen uns beiden? Wettringen zum Beispiel. Das ist mein Lieblingsspiel.“

So ein Schuft! Er hatte sie also in ihrem Eisgefängnis beobachtet!

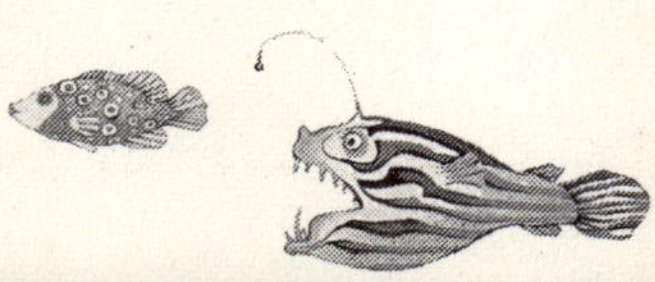

Anscheinend war ihm langweilig. Warum sollte er sonst auf so eine abwegige Idee wie Wettringen kommen? Hier unten in seinem Eispalast war sicher nicht besonders viel los. Und die Feuerquallen oder die Katzenhai-Jungs waren bestimmt nicht bereit, ihm länger als notwendig Gesellschaft zu leisten.

Vielleicht hatte Madame Karma tatsächlich Recht und es musste nur einmal jemand normal mit ihm reden. Vielleicht gelang es Nella ja, ihn zur Vernunft zu bringen, bevor er aus Bosheit und Langeweile die gesamte Wasserwelt zerstörte.

„Und was kriege ich, wenn ich gewinne?", pokerte Nella. „Es muss schon etwas wirklich Tolles sein, wenn du willst, dass ich mit dir spiele. Meine Zeit ist kostbar. Ich weiß ja gar nicht, ob du hier in der Untiefe etwas hast, was ich gerne mag." Sie sah ihn herausfordernd an.

Der Nebel auf dem Thron plusterte sich auf wie eine Wetterwolke am Himmel. „Oh, ich besitze schon etwas Schönes, um unser Meerprinzesschen zu erfreuen."

Er machte extra eine Kunstpause, um sie auf die Folter zu spannen.

„Vielleicht ein Wiedersehen mit der lieben Lorelai? Die Arme hat ja solche Sehnsucht nach ihrem süßen Apfelbäckchen. Doch wenn du das Wettringen verlierst, dann spielen wir weiter und ich darf mir was Neues aussuchen."

Nella taumelte vor freudigem Schrecken. Ihr Herz schlug wild bis zum Hals. „Die Wette gilt", krächzte sie mit versagender Stimme.

Eine Sekunde später war der Graue König bereits bei ihr.

Wie eine Spinne, die ihr Opfer wehrlos macht, indem sie feinste Fäden um seine Glieder windet, umspann er sie in Windeseile mit seinem eisigen Atem, sodass ihr jäh die Luft wegblieb. Panisch versuchte sie, den hinterhältigen Nebelschwaden zu entfliehen, aber er hielt sie eisern umklammert. Sosehr Nella es sich auch wünschte, diesen Grauen König konnte sie einfach nicht besiegen. Der Kampf war verloren.

„Guck mal, Königliche Hoheit!", spottete es aus dem Nebel.

Der eisige Dunst veränderte seine Form und nahm die Gestalt von Lorelai an.

Auch wenn Nella ihre Mama ewig lange nicht gesehen hatte, erkannte sie sie sofort wieder. Ihre Haare leuchteten so rot wie ein schöner Sonnenuntergang, der schnell noch den Feuerlilien Gute Nacht sagt. Und ihre grünen Augen glänzten heller als der frische Morgentau. Sie sah Nella zärtlich und zugleich unendlich traurig an und streckte verlangend ihre Arme nach ihr aus. Aus ihren Augen kullerten zwei Tränen, die sich in glutrote Herzrubine verwandelten, als sie zu Boden fielen.

„Mama!", schrie Nella klagend auf.

Der Graue König lachte so heftig los, dass es sich anhörte, als würde ein ganzer Berg aus Glas in sich zusammenstürzen.

Nella wurde schrecklich wütend und begann, wie wild herumzustrampeln. Aber ihre Arme und die Schwanzflosse waren in dem Nebel schwer wie Blei. In ihrer Not versuchte sie es mit Schreien. Vielleicht konnte sie den Grauen König damit in die Flucht schlagen.

Aber der pustete einfach eine Ladung kalten Nebel in ihre Kehle, sodass ihre Stimme gefror.

Nella hasste den Grauen König so sehr, dass ihr ganz übel davon wurde.

Wo war eigentlich Hydra?, fragte sie sich verzweifelt. Anscheinend war sie ihnen gar nicht in den Thronsaal gefolgt. Aber selbst eine so schlaue

Seeschlange wie Hydra konnte nichts gegen einen heimtückischen Nebel ausrichten, der sich nach Lust und Laune ausbreiten konnte, wie es ihm gerade in den Kram passte und dessen größtes Vergnügen es war, andere zu peinigen.

Der Graue König ließ Nella schlagartig los und verzog sich auf seinen Thron. „Das war lustig!“, klirrte er so hoch wie feines Stielglas, das man gegen einen Spiegel warf. „Was spielen wir als Nächstes? Ich darf etwas vorschlagen.“

Nella antwortete nicht. Sie lag eingerollt wie eine Wasserschnecke auf dem Fußboden und weinte bitterlich. Ihre Tränen rollten wie Murmeln in alle Richtungen davon.

Madame Karma baute sich furchtlos vor dem Grauen König auf. „Du scheinst recht unausgeglichen zu sein“, schimpfte sie drauflos. „Sonst hättest du es nicht nötig, Kinder zu quälen und sie unglücklich zu machen. Und warum hast du eigentlich Nellas Mutter entführt? Dazu sage ich nur: pfui Wasserspinne!“

Der Graue König schwieg zu ihren Vorwürfen und hüllte sich in nebeliges Schweigen. Dann plusterte er sich plötzlich auf, sodass er wie ein gefräßiger Hai aussah und waberte mit aufgesperrtem

Maul zielstrebig auf Madame Karma zu, als ob er sie jeden Augenblick verschlingen wollte.

„Mir langt es gleich!“, rief sie empört und hüpfte elegant zur Seite. „Lass diese Mätzchen. Wo ist eigentlich deine tolle Armee geblieben? Diese ganzen jämmerlichen Mitläufer?“ Sie machte eine ausladende Handbewegung. „Vermutlich haben selbst die dich mittlerweile satt, du Hohlkopf. Damit eines zwischen uns klar ist: Mir machst du mit deinem Hokuspokus keine Angst. Hat man dir den Kopf mit Muschelsand gefüllt? Vielleicht denkst du mal eine Sekunde nach, bevor du uns weiter so triezt. Kein Wunder, dass dich keiner leiden kann.“

Der Graue König verwandelte seine Umrisse in eine pechschwarze Qualle. „Du hässlicher Farbtupfer!“, beschimpfte er Madame Karma. „Geh mir aus den Augen, mir wird übel, wenn ich dich noch länger anschauen muss.“

Madame Karma lachte belustigt los. „Ob du mich schön findest oder nicht, ist mir so gleichgültig wie Schneckenschleim. Du musst dringend mal selbst in den Spiegel gucken. Mich wundert es gar nicht, dass du so schlecht gelaunt bist, wenn du immer nur in deiner Untiefe herumhängst. Du solltest mal dringend deine Wohnung aufmöbeln und knalligere Farben an die Wände pinseln lassen. Gute *Freunde* hast du ja genug, die für Goldstücke zu allem bereit sind. Und guck doch ab und zu oben im frischen Meer vorbei. Vielleicht hast du dann mehr Freude am Leben."

Jetzt wurde der Graue König erst richtig wütend. „Ich hasse Farben, ich hasse Freude, ich hasse das Meer! Ich bin der König der Untiefe!" Er wirbelte durch den Saal wie ein Tornado und nebelte alles mit seinem schwarzen Dunst ein. Schließlich verschwand er klirrend und scheppernd durch eine verborgene Tür in der Wand.

Madame Karma schaute ihm verdattert hinterher. „Der hat wirklich nicht alle Muscheln im Oberstübchen", murmelte sie. „Man kann kaum glauben, dass er der Bruder von Grünbart ist. Vielleicht müsste er mal zusammen mit Herrn Kubus auf Kur gehen oder eines der Wässerchen von Achilles trinken. Oder eine nette Wasserfrau kennenlernen. So ungezogen, wie der sich benimmt, kann man ihn ja zu keiner Geburtstagsfeier einladen."

Sie drehte sich um und schwamm eilig hinüber zu Nella, die immer noch regungslos auf dem eisigen Spiegelboden lag. Sie schien vor Kummer und Erschöpfung eingeschlafen zu sein, jedenfalls hatte sie die Augen geschlossen.

„Ach herrje!“, stöhnte Madame Karma. Sie paddelte aufgeregt um Nella herum und versuchte herauszufinden, was mit ihr los war. „Dieser nebelige Typ macht uns nichts als Ärger. Jetzt ist das arme Ding vor Aufregung auch noch ohnmächtig geworden. Kein Wunder. Dieses Abenteuer ist nicht nach meinem Geschmack. Es wird Zeit, dass wir hier unten Verstärkung bekommen.“

11

Otis packt aus

Sosehr Madame Karma auch an Nella herumzwickte und -zwackte: Sie schlief einfach immer weiter. Schließlich hielt das Flügelross erschöpft inne. Es war mit seinem Muschellatein ausnahmsweise wirklich am Ende.

Leider war auch Hydra spurlos verschwunden. „Immer wenn man diese Seeschlangen mal dringend braucht, haben sie schon was Besseres vor“, schimpfte Madame Karma vor sich hin. Die lautlosen Wasserbewohner waren ihr nicht wirklich geheuer, nachdem ihr erster Verlobter von einer Seeschlange verspeist worden war.

„Ist Nella tot?“ Otis war plötzlich lautlos wie ein Geisterpfeifenfisch neben ihr aufgetaucht und tippte ihr zaghaft auf die Rückenflosse.

„Ahh!“, schrie Madame Karma auf und hüpfte erschrocken in die Höhe. Das ganze Theater hatte ihre Nerven doch ziemlich strapaziert.

„Entschuldigung“, sagte Otis verlegen. „Aber hier gibt es keine Tür zum Anklopfen.“

Dafür, dass er die ganze Zeit so eine dicke Lippe riskiert hatte, war er plötzlich ziemlich kleinlaut.

„Ist Nella tot?“, wiederholte er seine Frage.

„Das wäre ja noch schöner“, erwiderte Madame Karma empört. „Sie schläft zwar wie eine Tote, aber sie atmet ganz normal. Vielleicht ist sie tatsächlich in Ohnmacht gefallen, jedenfalls kriege ich sie einfach nicht mehr wach. War wohl alles ein bisschen viel.“ Sie sah Otis scharf von der Seite an. „Daran bist du auch nicht ganz unschuldig.“

Dann gab sie sich einen Ruck. „Jedenfalls ist es gut, dass du doch noch aufgetaucht bist. Du kannst sie vom Fußboden heben. Das arme Kind holt sich sonst noch eine böse Erkältung." Sie gab Otis die Anweisung, Nella auf einen Eisblock direkt neben dem Thron zu hieven. „So liegt sie viel gemütlicher", sagte sie zufrieden. Daraufhin schwamm sie an Nellas Hand heran und guckte, was diese so krampfhaft festhielt. Es waren die zwei Herzrubine, die ihre Mama aus Kummer geweint hatte.

Madame Karma fächerte sich mit ihren Flossen aufgeregt Sauerstoff zu. „Interessant", sagte sie. „Höchst interessant. Also scheinen die Künste des Grauen Königs doch nicht nur auf Trugbildern zu beruhen. Warum hielte Nella sonst die Tränen in ihrer Hand?"

Sie klapperte mit ihrem Maul. „Wäre bestimmt sehr spannend, sich einmal ganz in Ruhe mit diesem Nebelkünstler zu unterhalten. Wenn er nur nicht so verbohrt wäre." Sie seufzte. „Leute, die aus ihren Talenten nichts Gescheites machen, regen mich total auf. Vielleicht ist der Graue König doch nicht so schlimm, wie alle denken. Die grässlichste Meinung hat er ja anscheinend von sich selbst."

Madame Karma sah den Katzenhai-Jungen nachdenklich an. „Habe ich Recht?"

Otis zuckte verständnislos mit den Achseln. „Ich verstehe nur Schneckenmist."

Madame Karma nickte. „Das glaube ich dir gerne. Du hast ja auch jede Menge Unsinn angerichtet."

Otis schüttelte empört seinen Kopf. „Nun übertreiben Sie mal nicht. Ich habe nur ein paar kleine Aufträge für den König erledigt und bin super dafür bezahlt worden."

Madame Karma schnaubte wie ein Walross. Das hätte man so einem zarten Fisch gar nicht zugetraut. „Was?", schrie sie wütend. „Harmlose Aufträge? Hier geht es um Leben und Tod! Willst du das nicht verstehen oder bist du zu dumm dazu?"

Otis' Augen wurden gefährlich klein. „Wenn Sie nicht sofort aufhören, solchen Unsinn zu quatschen, werde ich total böse. Sie reden mit Otis Katz. Mein Vater ist Haimanus Katz und ich habe Brüder, die sehr sauer werden können."

Madame Karma fing an zu lachen und konnte sich kaum wieder beruhigen. „Otis Katz, du bist also tatsächlich ein Dummkopf. Dein sogenannter König ist doch gar keiner. Er hat seinem Bruder Aquarius Grünbart die Krone geklaut, weil er neidisch war. Kapiert?"

Otis machte ein schuldbewusstes Gesicht. „Ach so. Das hat mir keiner gesagt. Aber so viele andere haben doch auch mitgemacht. Die unterschiedlichsten Fische und sogar eine Wasserflohfamilie aus dem Eismeer. Schauen Sie mal …“ Er drehte seinen Kopf und zeigte Madame Karma eine auffällige Tätowierung in seinem Nacken: ein lila Krakenkopf mit einem unbekannten Schriftzeichen.

Madame Karma guckte gelangweilt. „Na und?“

Otis grinste stolz. „Toll, was? Das ist unser Erkennungsmerkmal. Das Zeichen heißt ‚grau‘, anscheinend eine uralte Schrift.“

Anstatt zu antworten, schürzte Madame Karma bloß verächtlich die Lippen.

„Und einen Sack mit Goldstücken lehnt man nicht ab, hat mir mein Papa beigebracht“, fuhr Otis hastig fort. Anscheinend wollte er Madame Karma plötzlich davon überzeugen, dass alles gar nicht so schlimm gewesen war. „Ich habe mir nichts Böses gedacht und mit Nella hat das gar nichts zu tun.“

Madame Karma schüttelte resolut den Kopf. „Diese Ausrede nehme ich dir nicht ab. Ich kriege doch schon seit geraumer Zeit mit, dass du und deine Brüder die Wassermädchen aus dem Muschelschloss ärgern, wann immer es geht. Vor allem auf Nella hattest du es wohl richtig abgesehen. Und jetzt bist du daran schuld, dass wir in diesem Eisloch gefangen sind. Oder bist du wirklich dieser heimliche Freund, den Lorelai in ihrem Brief angekündigt hat?“

Otis antwortete nicht sofort. Aber er sah so aus, als müsste er jeden Moment losheulen. Seine winzigen Haifischzähne schlugen aufeinander, als ob er Schüttelfrost hätte und seine Stimme zitterte, als er endlich etwas sagte.

„Mir tut das jetzt wirklich leid. Ich habe nicht gewollt, dass der Graue König so gemein zu Nella ist. Ganz ehrlich. Aber ich fand es total doof, dass Nella immer nur mit Nick und Floris zusammenhockte. Deshalb habe ich sie halt ab und zu ein bisschen geärgert. Das ist ja nicht verboten.“ Er schob trotzig seine dünne Unterlippe vor.

„Eifersüchtig zu sein, ist nicht verboten“, erwiderte Madame Karma resolut. „Aber jemandem Angst und Schrecken einzujagen und deshalb sogar gemeinsame Sache mit dem Grauen König zu machen, das ist nicht in Ordnung.“

Otis guckte empört. „Ich bin doch nicht eifersüchtig“, widersprach er. Aber auf einmal war er knallrot wie ein gekochter Hummer.

Madame Karma kicherte. „Bist du doch. Dafür brauchst du dich nicht zu schämen. Ich bin auch schon mal eifersüchtig gewesen. Doktor Achilles hat Fräulein Weißkäppchen mal zu einem sehr leckeren Schneckenessen eingeladen, als ich im Muschelinternat gewohnt habe. Das fand ich gar nicht toll. Leider war er immer nur in sie verliebt und nicht in mich.“

Otis lachte und sagte mit rauer Stimme: „Das hätte ich jetzt echt nicht von Ihnen gedacht. Sie machen doch diese ganzen albernen Übungen gegen Ärger und Aufregung. Hat das nichts gebracht?“

Madame Karma gab ihm einen freundschaftlichen Stups. „Jetzt erzähle mir endlich, was es mit dem Brief auf sich hat“, verlangte sie. „Hat Nellas Mama ihn geschrieben?“

Otis schüttelte den Kopf. „Das war wieder so eine Idee vom Grauen König, um Nella in die Untiefe zu locken. Er hat ihn selbst geschrieben.“ Dann schwieg der Katzenhai-Junge erst einmal.

Auch Madame Karma sagte eine Weile nichts.

Dafür sah sie ihm mit ernstem Gesicht in die Augen.

Otis holte tief Luft. „Was machen Sie mit mir, wenn ich Ihnen alles erzähle, was ich weiß?“, fragte er betreten.

„Was soll ich mit dir machen, wenn etwas Schlimmes an die Wasseroberfläche kommt?“, grübelte sie. „Vermutlich verarbeite ich dich zu Schneckenschleim. Oder ich verfüttere dich an Doktor Achilles’ Putzerfische. Irgendeine grässliche Strafe wird mir schon für dich einfallen.“

Einen Augenblick lang weiteten sich Otis’ Augen vor Schreck.

Madame Karma klapperte belustigt mit ihrem Maul.

Der Katzenhai-Junge grinste beschämt. „Ich hab’s verstanden“, erwiderte er. „Jetzt mal vorneweg: Wenn wir heil aus dieser Untiefe herauskommen, mache ich das wieder gut. Also, ich kann perfekt Ställe ausmisten und solche Sachen. Die Wassermädchen haben doch diese kindischen Seepferdchen, die machen immer jede Menge Dreck. Und ich renoviere auch Ihre Muschel, wenn sie mal wieder einen neuen Anstrich braucht. Und was Ihnen sonst so einfällt. Vielleicht wollen Sie ja auch mal einen Ausflug auf einem Katzenhai machen. Ist echt lustig.“

Madame Karma nickte zufrieden. „Ich merke, wir verstehen uns richtig. Also leg los. Wird Nellas Mutter wirklich vom Grauen König gefangen gehalten?“ Sie rutschte neugierig näher.

„Das kann ich euch auch gerne selbst erzählen“, sagte eine freundliche Stimme.

Otis und Madame Karma drehten sich überrascht um.

Auf der anderen Seite des Thronsaales stand plötzlich eine wunderschöne Meerjungfrau mit bodenlangem rotem Haar. Das konnte niemand anderes als Lorelai sein, Nellas verschwundene Mutter.

Ihr Blick fiel auf die schlafende Nella und sie erschrak fürchterlich. „Was ist mit Pimpinella passiert?“, rief sie aufgeregt und eilte herbei. „Ist sie verletzt?“ Sie warf sich über ihre Tochter und drückte sie besorgt an ihre Brust.

„Wir denken, dass sie ohnmächtig geworden ist“, erklärte Madame Karma. „Und jetzt wacht sie einfach nicht mehr auf.“ Sie klapperte hilflos mit ihren Flossen. „Wahrscheinlich müsste Doktor Achilles sie gründlich untersuchen.“

Otis machte ein furchtsames Gesicht. „Wahrscheinlich hat der Graue König sie verhext“, flüsterte er. „Das macht er bestimmt auch mit uns. Dann kommen wir nie wieder nach Hause zurück.“

12

Lorelais Tränen

„Der Graue König ist der Bruder von Aquarius Grünbart und er war nicht immer so gemein. Ich kenne ihn schon ganz lange“, begann Lorelai. Sie hatte sich neben Nella auf den Eisblock gesetzt und sie liebevoll auf ihren Schoß gezogen. „Als Kinder haben wir zu viert gespielt. Aquarius und sein Bruder Icanus, meine Stiefschwester Pataria und ich.“

Während sie ihre Geschichte erzählte, schaukelte sie Nella wie ein kleines Kind in ihren Armen und drückte ihr Gesicht ganz fest gegen die eisige Wange ihrer Tochter. „Aquarius und Icanus waren beide in mich verliebt. Aber dann lernte ich Nellas Papa kennen und habe stattdessen ihn geheiratet. Ich fand es *oben* wunderschön und hatte gar kein Heimweh nach dem Meer.

Aquarius war furchtbar traurig. Trotzdem hat er mich in meinem Garten besucht und Pimpinella sogar Apfelbäckchen genannt, weil sie so rosarote Wangen hatte wie mein Lieblingsapfel. Er hat mir versprochen, dass er gut auf meine Krone aufpassen und die Sieben Meere weise regieren würde, bis Pimpinella erwachsen wäre. Dann sollte sie selbst entscheiden dürfen, ob sie als Königin ins Meer zurückgehen wollte. Aus ehrlicher Zuneigung und tiefer Freundschaft gab ich Pimpinella den zweiten Vornamen Ozeana – Aquarius trägt den zweiten Namen Oceanus.

Leider tobte Icanus vor Eifersucht über meine Heirat und weil ich nicht ihn, sondern seinen Bruder als Verwalter eingesetzt hatte. Er versammelte eine Armee und riss die Macht an sich. Aquarius jagte er davon. Er hoffte, dass dieser sich im Korallenlabyrinth verirren und sterben würde. In Icanus hatte sich so viel Hass aufgestaut, dass er mit seiner Wut ein gigantisches Wasserbeben auslöste und das Königsschloss in der tiefsten Untiefe der Meere versank, in der es keine Farben gibt. Die wunderschöne Königskrone wurde dabei im ewigen Eis eingeschlossen.

Als ich an Pimpinellas drittem Geburtstag *oben* auf den Klippen saß, wünschte Icanus ein schlimmes Unwetter mit Blitz und Donner herbei. Er heuerte einen Orkan an und der blies mich von den Klippen ins Meer. Bevor ich mich an Land retten konnte – dort hatte Icanus nämlich keine Macht – ließ er mich von dem Piratenschiff der Namenlosen Kinder hierher in seinen Eispalast entführen. Seitdem bin ich seine Gefangene."

Madame Karma schrie überrascht auf. „Das Piratenschiff der Namenlosen Kinder! Mit dem ist Nella doch auch schon herumgesegelt. Damals war die Sprachlehrerin Fräulein Weißkäppchen von Feuerquallen verschleppt worden."

Lorelai nickte. „Hinter all diesen Untaten steckt Icanus – der *Graue König*, wie er sich umbenannte. Er hat gehofft, dass er mich mit seiner Macht und seinen Fähigkeiten so beeindrucken könnte, dass ich meine Familie *oben* irgendwann vergessen würde. Aber das ist ihm nicht gelungen."

Sie seufzte und schaute in Nellas blasses Gesicht. „Fällt euch auch auf, dass sie immer mehr an Farbe verliert?", fragte sie besorgt.

„Ich sage es doch", warf Otis düster dazwischen. „Der Graue König hat sie verhext."

Lorelai schüttelte den Kopf. „Icanus ist kein Zauberer. Er kann sich Dinge nur auf ganz besondere Weise *wünschen*."

Madame Karma guckte verwundert. „Das ist doch nichts Spezielles. Ich wünsche mir jeden Tag etwas Tolles."

Lorelai lächelte. „Aber Icanus, also der Graue König, kann sich Dinge so sehr wünschen, dass sie wirklich in Erfüllung gehen."

Otis machte große Augen. „Das ist ja total klasse", sagte er neidisch. „Das heißt, ich könnte mir einfach eine super Note in Muschelkunde wünschen und würde nicht sitzen bleiben."

Nellas Mama schüttelte den Kopf. „Ganz so einfach ist das nicht. Es müssen echte Herzenswünsche sein."

Otis grinste. „Kein Problem. Die Eins in Muschelkunde ist momentan mein Herzenswunsch.

Ich habe echt keine Lust, mit den Flossenscheißern aus der fünften Klasse die Muschelbank zu drücken."

Madame Karma hüpfte aufgeregt auf und ab. „Ah. Ich verstehe. Der Graue König hatte einen Herzenswunsch und der war, dass Sie ihn heiraten und bei ihm bleiben. Aber das mit der Heirat hat dann doch nicht geklappt. Oder?" Sie sah Lorelai gespannt an.

„Richtig", antwortete Lorelai. „Meine Liebe zu Pimpinella und ihrem Vater blieb einfach zu stark. Deshalb konnte der Wunsch des Grauen Königs mich nicht bezwingen." Ihre Augen füllten sich mit Tränen. „Ich habe in jeder einzelnen Sekunde, seit er mich hierher entführt hat, an meine Familie gedacht. Und die Hoffnung nie aufgegeben, mein Apfelbäckchen zurückzubekommen."

Madame Karma guckte Lorelai so gerührt an, als wollte sie gleich mitweinen.

Die Meerjungfrau küsste Nella auf die Stirn. „Pimpinella fühlt sich eiskalt an", rief sie beunruhigt. Sie rubbelte hektisch ihre Arme. „Wir müssen sie so schnell wie möglich aus dieser Untiefe herausschaffen. Ich fühle, dass sie hier unten in Lebensgefahr ist."

Madame Karma nickte zustimmend. „Aber alleine schaffen wir das nicht. Ich hoffe, dass unsere Seeschlange Hydra Verstärkung holt. Sie ist seit Stunden wie vom Muschelboden verschluckt. Das ist eigentlich gar nicht ihre Art. Schließlich ist sie Nellas Leibwächterin." Sie fächerte sich ein paar frische Wasserwellen zur Beruhigung zu. Vor Aufregung fiel ihr keine einzige Entspannungsübung ein.

„Ich wüsste wirklich gerne, was sich der Graue König als Nächstes wünscht", sagte Otis gedankenvoll. „Wenn er gerade nichts Dringendes auf Lager hat, könnte ich ihn ja vielleicht für meine Muschelkundenote erwärmen. So als klitzekleiner Wunsch zwischendurch ..."

Madame Karma und Lorelai sahen ihn empört an.

Otis machte ein betretenes Gesicht und wackelte mit seiner Flosse. „War ja nur so eine Idee", sagte er entschuldigend.

Alle drei schwiegen und starrten ratlos auf Nella, die keinen Mucks von sich gab.

„Das ist ja eigentlich ziemlich blöd vom Grauen König", sagte Madame Karma nach einer Weile nachdenklich. „Sich etwas zu wünschen, was ein anderer gar nicht will. Das muss ja irgendwann schiefgehen."

Sie hing einen Moment ihren Gedanken nach. „War dieser Icanus eigentlich immer schon so *neblig?*", fragte sie dann neugierig.

„Anfangs sah er Aquarius zum Verwechseln ähnlich. Schließlich ist er sein Bruder. Aber dann hat er sich immer mehr gewünscht, dass niemand in sein Herz schauen kann. Seiner Armee ist er als Krakenwassermann erschienen, um sie zu beeindrucken und durch Angst in Schach zu halten. Und schließlich hat er sich gewünscht, dass Nebel aus ihm wird. In dem kann man ja auch nichts sehen und trotzdem ist er überall", antwortete Lorelai.

„Ich würde echt gerne wissen, was sich der Graue König momentan wünscht", sagte Otis mehr zu sich selbst als zu Lorelai und Madame Karma. „Wenn er sich nämlich so normale Sachen wie Schulnoten wünschen würde, könnte nicht so viel schiefgehen und er würde eine gute Tat nach der anderen vollbringen."

In diesem Augenblick waberte eine riesige Nebelwolke durch den Saal und steuerte auf sie zu.

„Diese Frage kann ich dir ohne Umschweife beantworten, mein Junge!", schepperte die Stimme des Grauen Königs. Er umhüllte die schlafende Nella wie ein weißes Tuch. „Das Prinzesschen ist mein Herzenswunsch. Ihr anderen könnt gehen."

„Meine Pimpinella soll bei dir bleiben?", rief Lorelai entsetzt. „Icanus, das ist nicht wahr. Ich habe sie doch gerade erst wiedergefunden." Sie klammerte sich verzweifelt an ihre Tochter.

Der Graue König entriss ihr das nebelige Bündel und flüchtete sich mit seiner Beute ans andere Ende des Saales.

„Gib mir sofort meine Tochter zurück!", schrie Lorelai außer sich vor Schmerz. „Warum tust du das?"

Der Graue König kicherte klirrend. „Was ist daran so schwer zu verstehen? Ich wünsche mir die lustige Prinzessin hier unten in meinem Palast. Wir können Armdrücken machen und Wettringen und was uns sonst für drollige Dinge einfallen. Ab heute wird mir nie wieder so langweilig sein wie mit dir. Ihr anderen seid alle frei. Auch du, Lorelai. Du hast mich wirklich sehr enttäuscht. Adieu. Ich will dich nie mehr wiedersehen!"

„Dein Plan wird nicht gelingen, Icanus!", rief Lorelai aufgeregt. „Das wird sich *meine* Pimpinella nie und nimmer gefallen lassen. Sie wird sich genauso gegen dich wehren, wie ich es getan habe. Und irgendwann wird sie die Königin der Sieben Meere sein. Dann ist deine Macht für immer gebrochen.“

Der Graue König lachte laut. „Da täuschst du dich gewaltig, meine Schöne. Der Herr der Sieben Meere bleibe ich und mit Pimpinella als Gefangene wird das auch bis in alle Ewigkeit so bleiben. Außerdem: Dein Apfelbäckchen wünscht sich selbst von ganzem Herzen, bei mir zu bleiben, weil sie dich durch diesen Tausch aus deiner Gefangenschaft befreien kann.

Diesen tollen Handel habe ich mir ganz alleine ausgedacht, und es war wirklich meine allerbeste Idee seit Langem, das muss ich sagen. Auf Nimmerwiedersehen, Lorelai. Du darfst nach *oben* zu deinem geliebten Mann schwimmen“, fügte er spöttisch hinzu. „Du willst doch sowieso keine Meerjungfrau mehr sein. Und Pimpinella keine Königin.“

„Wenn du sie nicht mit mir gehen lässt, dann stirbt Nella vor Kummer“, sagte Lorelai mit zitternder Stimme. „Sie muss frische Luft atmen, in einen saftigen Apfel beißen, sich an bunten Farben erfreuen. Sie möchte mit Menschen und Wasserwesen zusammen sein, die sie lieben. Du willst sie nur aus Eigennutz in deiner finsteren Untiefe festhalten. Aber ohne wahre Liebe kann niemand leben."

Der Nebel zitterte vor Wut und plusterte sich größer und größer auf.

Lorelai steuerte auf die Nebelschwaden zu. „Ich habe wirklich keine Angst mehr vor dir, Icanus. Du bist klein und erbärmlich. Entweder ich verlasse die Untiefe zusammen mit Pimpinella oder ich sterbe hier mit ihr." Sie schwamm mutig in den dichten Nebel hinein und wurde von ihm verschluckt.

Madame Karma schluchzte bestürzt auf. „Wie kann man nur so herzlos sein?", zeterte sie.

„Icanus, dein schlimmes Spiel ist aus. Lass die Gefangenen frei!"

Aquarius Grünbart stürmte mit einem gezückten Schwertfischsäbel in den Saal. Er trug eine Rüstung, die ganz aus Stabmuscheln bestand, hatte einen wild entschlossenen Blick und sah überhaupt höchst gefährlich aus.

Hinter ihm kullerte ein ganzes Heer an Quallenagenten, angriffslustigen Schwertfischen, empörten Süßlippen, wütenden Tintenfischen, die vorauseilend mit schwarzblauer und lila Farbe herum-

spuckten, Seeigeln, Anglerfischen, Kofferfischen, Kugelfischen, drei Putzerfischfamilien mit einem Schwarm Freunden und sogar ein zahnloser Eisfisch durch die Wand.

„Das wurde aber auch höchste Zeit!", rief Madame Karma noch ganz außer sich. „Seid ihr mit dem Walbus gekommen oder warum hat das so lange gedauert?"

Obwohl der Saal bereits bis zum Bersten gefüllt war, drängten sich noch Señor Nigri und die besten Meermädchen aus seinem Fechtunterricht herein. Sie klirrten gefährlich mit den neuen Schwertern, die Señor Nigri angeschafft hatte, und machten wild entschlossene Gesichter.

„Mit diesen scharfen Dingern stoßt ihr bei diesem grässlichen Nebelmonster leider nur in eisige Luft", rief Madame Karma dem Wassermann zu. „Ich finde ohnehin, Waffen werden sehr überschätzt. Vielleicht können Sie lieber einfach noch mal vernünftig mit Ihrem Bruder reden. Er scheint ja wirklich sehr durcheinander zu sein. Anstelle von Schwertern hätten Sie besser meinen lieben Doktor Achilles mitgebracht."

Der Graue König brach in höhnisches Gelächter aus und tanzte herausfordernd mit seiner Beute durch den Saal. Schwerthiebe und Säbelstiche prallten, wie Madame Karma es prophezeit hatte, wirkungslos an ihm ab, beziehungsweise gingen einfach durch ihn hindurch. Auch von den spuckenden Tintenfischen ließ er sich nicht einschüchtern.

„Hört endlich auf, mit den Säbeln herumzufuchteln!“, rief Madame Karma erbost. „Sonst verletzt ihr euch noch gegenseitig. Lasst euch schnell etwas Gescheites einfallen, bevor es zu spät ist.“

In diesem Augenblick schoss ein gestreiftes Ungetüm in den Saal und bäumte sich wie eine wütende Kobra vor dem Grauen König auf.

„Hydra!“, rief Madame Karma überrascht und klatschte mit ihren Flossen Beifall. „Na endlich. Jetzt wird es spannend.“

Die Seeschlange wand sich um ihre eigene bewegliche Wirbelsäule wie ein Brummkreisel. Gleichzeitig wiegte sie ihren schmalen Kopf so einschmeichelnd wie eine Tempelschlange bei ihrem Auftritt.

„Geh weg!“, kreischte der Graue König. „Geh sofort weg. Ich mag keine Schlangen angucken.“

Aquarius Grünbart sah so aus, als ginge ihm plötzlich ein Licht auf. „Schau trotzdem genau hin,

Icanus“, sagte er ruhig und warf seinen Säbel weg. „Vielleicht hilft dir ein Blick in Hydras Augen dabei, endlich zu erkennen, wer du wirklich bist.“

Das Nebelgebilde des Grauen Königs flackerte so unstet wie eine Kerze im Wind. Seine Umrisse verloren an Schärfe und Kontur, wurden mal größer und mal kleiner.

Plötzlich war es in dem Saal totenstill.

Selbst der geschwätzigste Putzerfisch hielt sein loses Maul geschlossen. Alle beobachteten gebannt Hydras bezaubernden Tanz um ein Stück dichten Nebel.

Ein jammernder hoher Ton zerriss die tiefe Stille.

Otis steckte erschrocken seine Finger in seine Ohren.

Aquarius Grünbart starrte reglos auf die sich windende Seeschlange und sah auf einmal sehr traurig aus.

Plötzlich hielt Hydra inne und fixierte den Nebel mit ihren Augen.

Der hohe Ton schwoll zu unerträglicher Lautstärke an.

Die Fische stöhnten vor Qual laut auf und verbargen ihre Köpfe in ihren Flossen, während sich die Meermädchen angstvoll aneinanderklammerten. Es surrte und summte im ganzen Saal, als würden nacheinander alle Gläser einer Glasharfe zerspringen.

Dann zerplatzte die Nebelwolke so jäh wie eine Seifenblase im Wind.

Ein herzförmiger Eiskristall schoss in hohem Bogen durch das Wasser und zerbrach bei seinem Aufprall auf dem Spiegelboden in genau zwei Hälften. Gleichzeitig begannen die ersten Eisblöcke zu schmelzen. Es wurde deutlich wärmer.

Dort, wo eben noch dichter Nebel gewesen war, saß Lorelai. Sie hielt Nella immer noch fest umschlungen.

„Sie atmet nicht mehr“, rief sie panisch und begann bitterlich zu weinen. „Meerjungfrauen weinen nicht, wenn ihnen auch das Herz bald bricht“, sang sie mit zitternder Stimme.

Lorelais Tränen tropften wie ein warmer Sommerregen auf Nellas Gesicht.

Die Meerprinzessin öffnete die Augen und sah ihre Mutter verwundert an. „Mama“, seufzte sie. „Ich habe was ganz Schreckliches geträumt.“

Dann schlang sie glücklich die Arme um Lorelais Hals und sagte: „Ich will endlich nach Hause.“

13

Korallenträume

Zwei Wochen später waren die lang ersehnten Sommerferien da.

Diesmal hatten die Meermädchen aus dem Muschelschloss und die Wasserjungen aus dem Felseninternat die freie Zeit noch mehr verdient als in anderen Schuljahren.

Der Walbus hatte alle Reiselustigen pünktlich

am ersten Ferientag abgeholt und glitt nun in die verborgene Bucht am Korallenriff. Ein paar unbeschwerte Wochen mit Baden und Zelten warteten auf sie.

Am Strand wartete schon ungeduldig die gesamte Familie Seestern mit Papa Seestern und Lorelai, Oma Ida und Opa Jost sowie Nellas Freund Max auf ihre Ankunft.

Herr Seestern hatte diesmal ein ganz ungewöhnliches Verkehrsmittel gewählt, um so schnell wie möglich zu seiner Familie zu kommen: Er war direkt vom Schiff in einen Hubschrauber gestiegen. Nun hielt er Nellas Mama die ganze Zeit fest an der Hand, damit sie ihm nicht wieder verloren ging.

Zur Begrüßung hatte Oma Ida ein Frühstück auf die Klippen gezaubert, und dabei durfte natürlich ihr leckerer Apfelkuchen mit sehr viel Schlagsahne nicht fehlen. Diesen verschlangen alle mit Heißhunger – egal ob sie normalerweise *über* oder *unter* dem Wasser wohnten.

Danach stürzten sie sich in die warmen Fluten und tobten ausgelassen mit einem nagelneuen Wasserball, den Opa Jost spendiert hatte.

„Alarm! Alarm! Ein Haifisch!“, brüllte Nick plötzlich.

Die Meermädchen kreischten ängstlich los und retteten ihre Schwanzflossen in die Korallenbüsche.

„Ein Hai so nahe am Strand?“, fragte Max beunruhigt.

Opa Jost setzte bereits das Fernglas an die Augen, um der Wasserwacht eine genaue Meldung machen zu können.

„Ach, Quatsch!“ Nella lachte. „Das ist Otis, der Katzenhai-Junge. Er will nur mitspielen.“

Otis lächelte schüchtern, als er mit seinem Katzenhai aus den Wellen auftauchte und rief ein verlegenes „Hallo“ in die Runde.

„Na, los, du lahme Schnecke!“, rief Mari und warf ihm den Wasserball an den Kopf. „Fang schon!“

Geschickt hechtete Otis nach dem Ball und schoss seinen allerersten Treffer. Ein paar Mädchen klatschten anerkennend und flüsterten sich kichernd etwas zu.

Otis lächelte noch etwas mehr. Zu Nellas Überraschung sah er dabei einer freundlichen Hauskatze ähnlicher als einem schlecht gelaunten Katzenhai.

„Sag mal, Nella, musst du jetzt eigentlich Königin werden?“ Max, der sich neben Nella auf den Felsen ausgestreckt hatte, blickte hinaus auf das weite Meer und dachte nach. „Deine Mama bleibt für immer bei deinem Papa an Land“, zählte er auf. „Und Herr Grünbart will lieber im Muschelschloss bleiben und weiterforschen. Das heißt, es ist keiner da, der da unten nach dem Rechten guckt. Stimmt's?“

Nella schaute einer einsamen Wolke nach. „Mama sagt, ich muss das noch nicht sofort wissen. Sie hat mir zwar ihre todschicke Krone geschenkt, die wieder aufgetaucht ist, als das ganze Eis geschmolzen ist. Und sie steht mir echt super. Aber der Riesenkrake Samu, Mamas Patenonkel, hat sie erst einmal sicher in seinen Korallenschrank geschlossen, damit sie nicht wieder jemand klaut.“ Sie gähnte träge in die Sonne.

„Aber wo fühlst du dich wirklich zu Hause, Nella?“, bohrte Max unbarmherzig weiter. Er hielt einen Fuß ins Wasser, um die Temperatur zu testen.

Nella zuckte mit den Schultern und stopfte sich den Rest Apfelkuchen in den Mund. „Du fragst einem echt Löcher in den Bauch. Gleich kriege ich wieder Hunger. Ich weiß es nicht. Bei Opa auf dem

Leuchtturm, in Omas Garten, bei Mama und Papa auf dem Schiff …“

Sie überlegte angestrengt, während sie sich sorgfältig die allerletzten Kuchenkrümel aus den Mundwinkeln leckte.

„Wenn die Sommerferien zu Ende sind, gehe ich auf jeden Fall weiter im Muschelinternat zur Schule. Aber jedes zweite Wochenende komme ich nach *oben* zum Leuchtturm. Das habe ich mit Mama so ausgemacht“, sagte sie. „Ich habe ja noch gar nicht alles gelernt, was man als Meerjungfrau so wissen muss. Jetzt, wo der Graue König Ruhe gibt, könnte es in der Unterwasserwelt richtig friedlich werden.“

Max grinste sie zweifelnd an. „Da wo du bist … *friedlich?* Ich gehe dir nicht auf den Schneckenleim. Das nächste Meeresungeheuer lauert bestimmt schon längst flossenreibend hinter einem Korallenbusch.“

Nella kicherte. „Du hast ja eine schlechte Meinung von mir.“ Sie schubste Max ins Wasser. „Zeig erst einmal, ob du endlich tauchen gelernt hast, bevor du eine große Klappe riskierst. Sonst wird das nichts mit deinem Besuch im Muschelschloss.“ Dann sprang sie vergnügt hinter Max her.

„Nella, komm!“, rief Nick und machte einen übermütigen Handstand auf seinem Delfin. „Guck mal. Kannst du das auch?“

Nella schoss aus dem Wasser und landete mit einem doppelten Überschlag auf dem Rücken von Herkules, ihrem Seepferdchen.

„Na? Wie gefällt dir das?“, rief sie herausfordernd und verbeugte sich wie eine echte Zirkusprinzessin.

Die badenden Zuschauer klatschten wie verrückt.

Von den Klippen tönte eine zarte Melodie. Es klang wie ein zärtliches warmes Sommerlied. Das Erdbeerfröschchen summte herzzerreißend schön von Liebe und Freundschaft und Nella wünschte sich, dass dieser tolle Sommer niemals vorbeigehen möge.

Leseprobe

„Das liebste Pony der Welt“

von Daniela Stern

ISBN 978-3-473-54389-2

„Du bist ja noch aufgeregter als ich.“ Holly schmunzelte, als sie Peppermint den Sattel auflegte und das Pony dabei nervös mit dem Vorderhuf scharrte. „Unser erster Ausritt zum Strand. Ich freu mich schon so!“

Der kleine Schecke schnaubte.

Holly zog den Sattelgurt etwas fester an und Peppermint zuckte zusammen.

„Das kitzelt, was?“ Holly stupste ihn am Bauch.

Ein leises Brummeln war die Antwort.

Holly lachte. Dann schlang sie beide Arme um seinen Hals. „Du bist das tollste Pony der ganzen Welt!“

Peppermint richtete aufmerksam die Ohren nach allen Seiten.

„Was ist denn?“

Das Pony antwortete mit einem Schnauben.

„Ach, ich verstehe! Du hast Meggy gehört.“

Das kleine Glöckchen an ihrem Halsband bimmelte, als die Ziege Meggy um die Ecke galoppierte. Sie trippelte um Holly und Peppermint herum und knabberte erwartungsvoll an Hollys Hosentasche.

„Tut mir leid, Meggy. Heute gibt’s kein Leckerli für dich!“

Die Ziege meckerte enttäuscht. Holly strich zärtlich über ihr struppiges weißes Fell.

Von allen Tieren auf dem Apfelblütenhof war Meggy Peppermints beste Freundin. Wenn er ihr Glöckchen hörte, schnaubte er zufrieden und manchmal wieherte er sogar nach ihr. Meggy schlief bei Peppermint im Stall und beide fraßen aus einem Trog.

„Jetzt geht’s los, Meggy! Heute kannst du aber nicht mit. Ich reite zum Strand. Das ist zu weit für dich!“ Holly gurtete noch einmal nach und setzte ihren Rucksack auf. Sie schwang sich in den Sattel, nahm die Zügel auf und rief: „Scheee-ritt!" So hatte sie es von Annie gelernt. Dabei schnalzte sie mit der Zunge. Peppermint lief los und Meggy sprang erschrocken zur Seite.

Auf dem Weg zur Ponyweide begegneten sie Annie. Sie war die Besitzerin des Apfelblütenhofs. Sie liebte Tiere über alles, konnte Traktor fahren und die besten Kuchen der Welt backen. Holly bewunderte sie sehr.

„Viel Spaß, ihr zwei!", rief Annie den beiden entgegen. „Und passt gut auf euch auf!"

„Klar, kennst uns doch!" Holly winkte fröhlich zurück und grinste.

„Wenn du David siehst, sag ihm, dass er nicht ohne einen Fisch nach Hause kommen darf! Sonst war's das nämlich mit dem Abendessen!"

„Mach ich, Annie! Dann bis bald!" Holly gab Peppermint einen leichten Druck mit den Schenkeln. „Teee-rab!"

Peppermint trabte folgsam an. Sie ritten über

die Wiese hinter dem Apfelblütenhof. Sie war mit leuchtend gelbem Löwenzahn übersät. Zitronenfalter und ein Pfauenauge flatterten durch die milde Luft. Die Morgensonne schien vom strahlend blauen Himmel und ein leichter Wind wehte Holly um die Nase.

Bald ließen sie Wiese und Feld hinter sich und erreichten eine kleine Holzbrücke. Darunter plätscherte der Krötenbach über die dicken Kieselsteine. Mit hohen Gummistiefeln stand David bis zu den Knien im Wasser und angelte. David war Annies Neffe und lebte bei ihr auf dem Apfelblütenhof. Er konnte richtig gut mit Maschinen umgehen und war wie ein großer Bruder für Holly.

Holly parierte Peppermint zum Schritt. „Peppermint, wir machen eine kleine Pause. Brrrrr!“, flüsterte sie dem Schecken ins Ohr und brachte ihn zum Stehen. Sie ließ sich langsam aus dem Sattel gleiten. „Pssst! Sei schön leise. Wir dürfen die Fische nicht verscheuchen, sonst wird David sauer.“

Peppermint schlug mit dem Kopf. Es sah aus wie ein Nicken.

„Na, was macht ihr denn hier?“, wollte David wissen. Im selben Moment bog sich die lange Rute. Mit aller Kraft drehte er die Spule und holte die Angelschnur ein. Eine dicke Forelle zappelte am Haken.

„Das ist ja ein fetter Fang!“ David freute sich. „Für das Abendessen wäre schon mal gesorgt.“

Armer Fisch!, dachte Holly und verzog das Gesicht. Warum hast du nur in den Köder gebissen!

David wusste, dass Holly Mitleid mit den Fischen hatte. Doch er übersah ihren strafenden Blick und nahm die Forelle vom Haken. Er angelte gern.

„Wohin reitet ihr?“, fragte er neugierig.

„Zum Strand! Und wenn wir Lust haben, reiten wir bis ans Ende der Welt und weiter!“

David musste lachen. „Hört sich gut an. Na, dann mal los, ihr zwei.“ Er warf die Angelschnur wieder aus. „Und viel Spaß!“

Holly führte Peppermint über die Krötenbrücke,

saß auf und trieb den Schecken wieder an. Sie durchquerten den Wald im leichten Trab. Erst als Holly die Dünen sah, schnalzte sie mit der Zunge und rief: „Galopp!“

Peppermint buckelte vor Übermut dreimal. Holly hatte alle Mühe, sich im Sattel zu halten, doch dann fiel Peppermint in einen gleichmäßigen Galopp. Dumpf schlugen die Hufe auf den festen Sandboden. Das hörte sich an wie: Pep-per-mint, Pep-per-mint, Pep-per-mint.

Hollys Herz klopfte laut vor Freude und Aufregung. Sie galoppierten schneller als der Wind. Es war wie in Hollys Träumen – aber jetzt war der Traum Wirklichkeit geworden. Nur sie allein durfte Peppermint reiten.

Holly wuschelte ihm durch die Mähne. Ein leises Wiehern drang aus seiner Kehle. „Wir zwei sind ein richtig gutes Team!“, flüsterte Holly Peppermint ins Ohr. Sie vergrub ihr Gesicht in seiner Mähne und atmete tief ein. Sie liebte Peppermints Geruch.